瑞蘭國際

掌握關鍵120分，戰勝新日檢！

新日檢
N1
新版

言語知識 全攻略
（文字・語彙・文法）

林士鈞老師　著／元氣日語編輯小組　總策劃

作者序

　　「重版出來」是此時此刻的最佳寫照。所謂的「重版出來」，指的是版型和初版完全相同，但再版的發行量超過了初版的量。可是，既然賣得好，再刷就可以了，何必再版呢？既然要再版，為何是原封不動的再版呢？因此這一詞也成為了該書深受讀者喜愛、暢銷的證明。出版社跟我提出了再版本書，但是我左想右想，實在想不出要增加哪個單字或是要刪減哪個句型，唯一能夠做的是調整一下用字遣詞、努力抓出幾個缺漏之處。雖不能說是原汁原味，但也盡量忠於原味，這樣的重新上市應該也算是種「重版出來」。

　　不過我還是要跟初次見面的讀者說一聲，這是一本只有「言語知識」，沒有「讀解」、沒有「聽解」的日檢書，如果不符合您的需求，請選購本社所出版的「考前總整理系列」或是「模擬試題系列」。但是如果要說這本書的厲害之處，就是「新日檢N1言語知識全攻略」初版的日期是新日檢舉行的三個月前。照理來說內容應該是臆測的，但多年下來，卻不覺得有任何不適合之處。當然，這也就是選擇重新再版的原因。

　　言語知識包含了文字、語彙、文法三個單元，這樣的訓詁之學在古時被稱為小學。小學一詞，似乎有貶抑之意，不過這是國學常識的不足。小學指的是基礎學科，要研究高深的學問，怎麼可以不懂訓詁之學？要看懂閱讀測驗、要聽懂聽力測驗，怎麼可以不先學會文字、語彙、文法呢？因此，準備日檢時，必須先熟練單字和文法。單字真的記住、文法真的懂了，不管是怎樣的文章都看得懂、不管是怎樣的對話都聽得懂。這，才是真懂！

老師當年總共考了四次才通過一級。這代表老師以前不太用功，不用功應該怪自己。但是當時真的無書可看，那個年代市面上可選擇的檢定書非常少，而且全部都是日本的版權書。要知道，如果一本書適合全世界的日語學習者看，那常常就不太適合大中華圈、或是漢字圈的日語學習者。如果說我什麼時候動了寫檢定書的念頭，那應該就是從不用功、邊看檢定書邊罵髒話的二十年前開始吧。

　　現在的我，不只懂日文，也懂認知語言學、也懂生成語法、也懂古漢語語法。任何一個新的語法概念，都幫助我用不同的角度去解說日文，也進而能幫助學生用各個角度去了解日文。請記住，N1是學習日文的最後一哩路，但不是代表結束，而是代表今後要和日文相處一世。所以這一段路，走起來雖然艱辛，也會很甜蜜。

　　感謝董事長、社長、編輯部以及這段時間給予協助的每一位同仁，也感謝一直以來支持《新日檢N1言語知識全攻略》的每一位讀者。當然，最後要感謝正在閱讀本文的你，加油！

戰勝新日檢，
掌握日語關鍵能力

元氣日語編輯小組

日本語能力測驗（**日本語能力試驗**）是由「日本國際教育支援協會」及「日本國際交流基金會」，在日本及世界各地為日語學習者測試其日語能力的測驗。自1984年開辦，迄今超過30多年，每年報考人數節節升高，是世界上規模最大、也最具公信力的日語考試。

新日檢是什麼？

近年來，除了一般學習日語的學生之外，更有許多社會人士，為了在日本生活、就業、工作晉升等各種不同理由，參加日本語能力測驗。同時，日本語能力測驗實行30多年來，語言教育學、測驗理論等的變遷，漸有改革提案及建言。在許多專家的縝密研擬之下，自2010年起實施新制日本語能力測驗（以下簡稱新日檢），滿足各層面的日語檢定需求。

除了日語相關知識之外，新日檢更重視「活用日語」的能力，因此特別在題目中加重溝通能力的測驗。目前執行的新日檢為5級制（N1、N2、N3、N4、N5），新制的「N」除了代表「日語（Nihongo）」，也代表「新（New）」。

新日檢N1的考試科目有什麼？

新日檢N1的考試科目為「言語知識・讀解」與「聽解」二大科目，詳細考題如後文所述。

新日檢N1總分為180分，並設立各科基本分數標準，也就是總分須通過合格分數（＝通過標準）之外，各科也須達到一定成績（＝通過門檻），如果總分達到合格分數，但有一科成績未達到通過門檻，亦不算是合格。各級之總分通過標準及各分科成績通過門檻請見下表。

N1總分通過標準及各分科成績通過門檻			
總分通過標準	得分範圍	0~180	
	通過標準	100	
分科成績通過門檻	言語知識（文字・語彙・文法）	得分範圍	0~60
		通過門檻	19
	讀解	得分範圍	0~60
		通過門檻	19
	聽解	得分範圍	0~60
		通過門檻	19

從上表得知，考生必須總分100分以上，同時「言語知識（文字・語彙・文法）」、「讀解」、「聽解」皆不得低於19分，方能取得N1合格證書。

而從分數的分配來看，言語知識、讀解、聽解分數佔比均為1/3，表示新日檢非常重視聽力與閱讀能力，要測試的就是考生的語言應用能力。

此外，根據官方新發表的內容，新日檢N1合格的目標，是希望考生能理解日常生活中各種狀況的日語，並對各方面的日語能有一定程度的理解。

新日檢程度標準		
新日檢N1	閱讀（讀解）	・閱讀議題廣泛的報紙評論、社論等，了解複雜的句子或抽象的文章，理解文章結構及內容。 ・閱讀各種題材深入的讀物，並能理解文脈或是詳細的意含。
	聽力（聽解）	・在各種場合下，以自然的速度聽取對話、新聞或是演講，詳細理解話語中內容、提及人物的關係、理論架構，或是掌握對話要義。

新日檢N1的考題有什麼？

　　要準備新日檢N1，考生不能只靠死記硬背，而必須整體提升日文應用能力。考試內容整理如下表所示：

考試科目 （考試時間）		大　題		內　　容	題　數
				題　型	
言語知識（文字・語彙・文法）・讀解（110分鐘）	文字・語彙	1	漢字讀音	選擇漢字的讀音	6
		2	文脈規定	根據句意選擇正確的單字	7
		3	近義詞	選擇與題目意思最接近的單字	6
		4	用法	選擇題目在句子中正確的用法	6
	文法	5	文法1 （判斷文法型式）	選擇正確句型	10
		6	文法2 （組合文句）	句子重組（排序）	5
		7	文章文法	文章中的填空（克漏字），根據文脈，選出適當的語彙或句型	5
	讀解	8	內容理解 （短文）	閱讀題目（包含生活、工作等各式話題，約200字的文章），測驗是否理解其內容	4
		9	內容理解 （中文）	閱讀題目（評論、解說、隨筆等，約500字的文章），測驗是否理解其因果關係、理由、或作者的想法	9
		10	內容理解 （長文）	閱讀題目（解說、隨筆、小說等，約1000字的文章），測驗是否理解文章概要或是作者的想法	4
		11	綜合理解	比較多篇文章相關內容（約600字）、並進行綜合理解	3
		12	主旨理解 （長文）	閱讀社論、評論等抽象、理論的文章（約1000字），測驗是否能夠掌握其主旨或意見	4
		13	資訊檢索	閱讀題目（廣告、傳單、情報誌、書信等，約700字），測驗是否能找出必要的資訊	2

考試科目 （考試時間）	題　型			
	大　題		內　容	題　數
聽解 （55分鐘）	1	課題理解	聽取具體的資訊，選擇適當的答案，測驗是否理解接下來該做的動作	5
	2	重點理解	先提示問題，再聽取內容並選擇正確的答案，測驗是否能掌握對話的重點	6
	3	概要理解	測驗是否能從聽力題目中，理解說話者的意圖或主張	5
	4	即時應答	聽取單方提問或會話，選擇適當的回答	11
	5	統合理解	聽取較長的內容，測驗是否能比較、整合多項資訊，理解對話內容	3

　　其他關於新日檢的各項改革資訊，可逕查閱「日本語能力試驗」官方網站http://www.jlpt.jp/。

台灣地區新日檢相關考試訊息

測驗日期：每年七月及十二月第一個星期日

測驗級數及時間：N1、N2在下午舉行；N3、N4、N5在上午舉行

測驗地點：台北、桃園、台中、高雄

報名時間：第一回約於三～四月左右，第二回約於八～九月左右

實施機構：財團法人語言訓練測驗中心

　　　　　（02）2365-5050

　　　　　http://www.lttc.ntu.edu.tw/JLPT.htm

新日檢N1準備要領

林士鈞老師

言語知識準備要領

新日檢N1的「言語知識」共有七大題，前面四大題為「文字‧語彙」相關題目，後面三大題為「文法」相關題目。「文字‧語彙」部分，第一大題考漢字讀音，約有6小題；第二大題考克漏字，約有7小題；第三大題考同義字，約有6小題；第四大題考單字用法，約有6小題。「文法」部分，則是第五到第七大題。第五大題考句子文法，約10小題；第六大題考句子重組，約5小題；第七大題考文章文法，會出現一篇文章，以選擇題的形式要我們選出空白處的正確答案，也可視為文章式的克漏字，此篇文章會有5小題。

新日檢N1「言語知識」的準備要領有以下二點：

1. 熟練、熟練再熟練

「言語知識」和「讀解」合併一節考試，考試時間為110分鐘，但是計分卻是分開計分。也就是「言語知識」會有一個成績、「讀解」會有另一個成績。如果考生可以迅速地做完「言語知識」共45小題，那麼則會有充裕的時間做後面的閱讀測驗。老師在此建議，「言語知識」作答時間頂多只能用20分鐘，如此一來，你就能有90分鐘的時間好好地看閱讀測驗。

此外，如果單字和文法夠熟練，不僅對閱讀能力有幫助，對聽力也有實質的幫助。所謂的「聽不懂」，並不是耳朵「聽不到」，而是大腦無法分辨聽見的字句的意義。也就是「聽力」不好的根本原因是「單字、文法不夠熟

練」。只有夠熟練，才能在一瞬間判斷聽到的句子的意思，因此，我們要求考生熟練、熟練、再熟練！

2. 不可輕忽漢語

　　N1考試和其他級數最大的不同在於龐大的單字量，而其中「漢語」又佔了相當大的比例。請注意！N2～N5考試，漢語部分幾乎可說是華人地區考生的送分題。但是N1考試是最高級數，會考許多連日本人都傷腦筋的漢語。

　　因此，動詞、形容詞等「和語」在N1考試中固然重要，但「和語」部分是準備N1時的「基礎範圍」，但只會「和語」而不注重「漢語」，是絕對不可能通過考試的，這是因為「和語」頂多只佔六成的題目。因此，「漢語」這種過去的送分題，可能會成為N1不合格的關鍵。請記住：N1合格的關鍵在單字、單字高分的關鍵在漢語。各位，千萬不要輕忽漢語在N1裡的關鍵及重要性！

讀解準備要領

　　新日檢N1的「讀解」分為六大題。第一大題為短篇（約200字）閱讀測驗；第二大題為中篇（約500字）閱讀測驗；第三大題為長篇（約1000字）閱讀測驗；第四大題為「統合理解」，通常會有三篇相關的短篇文章（合計約600字），要考生對照、比較；第五大題也是約1000字的文章，但會是一篇較艱澀的論說性的文章，主要測驗考生能否了解、掌握作者要表達的意見。第六大題為「情報檢索」，會出現廣告、傳單、手冊之類的內容（約700字），考生必須從中找出需要的資訊來作答。

新日檢N1「讀解」的準備要領有以下四點：

1. 全文精讀

第一、第二、第三大題屬於「內容理解」題型，所以必須「全文精讀」才能掌握。

2. 部分精讀

第四大題屬於「統合理解」題型，所以考生要迅速的掌握重點、比較其異同，因此「部分精讀」即可。

3. 全文略讀

第五大題屬於「主張理解」題型，通常為論說文，最長、也最難，但考生只要「全文略讀」，找出作者的「主張」即可。

4. 部分略讀

第六大題屬於「情報檢索」題型，考生只要從題目看一下需要的資訊是什麼，再從資料中找出來即可，所以「部分略讀」就可以了。

聽解準備要領

　　聽解可以分為「有提示」以及「無提示」二類。第一大題和第二大題均是有提示的題目，第一大題考生要從圖或選項選出正確答案。第二大題考生會先聽到題目，然後有時間讓考生閱讀試題冊上的選項，接著再聽對話、作答。第三大題到第五大題則屬於無提示題。第三大題會先出現一段對話或敘述，然後才出現題目、再從選項中選出正確的答案。第四大題會出現「一句話」，考生要從選項選出如何「回應」該句話，選項為三選一。第五大題會出現一段長篇的對話或敘述，考生聽完該段話之後，才會出現題目，且題目不只一題，可以稱為「聽力版」的閱讀測驗。

　　新日檢N1「聽解」的準備要領有以下二點：

1. 專心聆聽每一題的提問

　　第一大題、第二大題會先出現題目，再進行對話，然後會再出現一次題目，再從試題冊中的選項選出答案。請考生務必把握此二大題，答題關鍵為第一次提問時一定要聽懂，然後再從對話中選出答案。如果可以在一開始就知道問的是什麼，就不需要做任何筆記，專心地「聽」答案。

2. 不要做無謂的筆記

　　第三到第五大題都是無提示題。考生通常會努力地記筆記，但是請注意，這是聽力考試，不是上課。不要一味地記筆記，如果聽懂得部分，當然就不要記了。此外，第四大題只有「一句話」，千萬不要記任何東西，只要閉上眼睛聆聽、聽選項、選答案就好了。

如何使用本書

Step1. 本書將新日檢N1「言語知識」必考之文字、語彙、文法,分別依:

第一單元　文字‧語彙(上)——和語篇
第二單元　文字‧語彙(下)——音讀漢字篇
第三單元　文法篇

之順序排列,讀者可依序學習,或是選擇自己較弱的單元加強。

● 單元說明

在必考題型整理之前,解說單元內容,幫助題型分類與記憶!

MP3音檔序號

發音最準確,隨時隨地訓練聽力。

必考題型整理

以五十音順依序排列,不但能輕鬆分辨相似單字,依據單元不同並加上例句輔助,迅速掌握考題趨勢,學習最有效率!

二　和語動詞

如果將日文的動詞做最簡單的分類,可以分為「漢語動詞」和「和語動詞」。「漢語動詞」指的就是「名詞+する」這種的動詞。而「和語動詞」,指的是「Ⅰ類動詞」以及「Ⅱ類動詞」中的「來る」這個。這些動詞的發音均為訓讀,因此無法依照漢字去推測其讀音,所以必須一個一個記下來。

本單元將新日檢N1範圍的和語動詞先分為「Ⅰ類動詞」、「Ⅱ類動詞」二類。各類型後,以該尾音節順,並按照五十音順排列。相信可以幫助考生用最短的時間瞭解相關動詞。此外,考試時的備選答案通常是同類型的動詞,所以同一組的動詞間互相對照學習其異同。

考試時,在題目上通常不會出現漢字。因此希望不要依賴漢字去記字義,而是要確實每個動詞的發音才行。雖然相關動詞很少,但若能將以下「和語動詞」記熟,新日檢N1考試等於成功了一半。所以,請好好加油吧!

本書動詞分類方式如下:

(一)Ⅰ類動詞 (五段動詞)	1.「~う」 2.「~く」 3.「~す」 4.「~つ」 5.「~ぬ」 6.「~む」 7.「~る」

(二)Ⅱ類動詞 (上一段‧下一段動詞)	1.「~いる」	
	2.「~える」	2.1「~える」 2.2「~ける」 2.3「~せる」 2.4「~てる」 2.5「~ねる」 2.6「~へる」 2.7「~める」 2.8「~れる」

(一)Ⅰ類動詞(五段動詞)

1.「~う」 MP3

	日文發音	漢字表記	例句
ア行	あう	遭う	父親在回家路上了車禍。
	あざわらう	嘲笑う	鈴木さんは鼻先で嘲笑った。
	あつかう	扱う	精密機器を扱う時は、気をつけてください。
	うたがう	疑う	疑う余地がない。
	うばう	奪う	盜賊が旅人から金を奪った。

● 文法句型

依照出題基準整理,命中率最高!

● 意義與接續

詳列中文意義,好學、好記憶。此外標明運用此句型時,該如何與其他詞類接續,才是正確用法。

● 日語例句與解釋

例句生活化,好記又實用。

五　句尾用法 MP3

文法 075 ~かぎりだ

意義 極為~、非常~(とても~だ)
接續 【名詞修飾形】+かぎりだ

例句 ▸ 言いとばかり思っていた太郎君だが、実に頼もしいかぎりだ。
太郎同學年紀輕小、但卻相當值得信賴。

▸ 鈴木は日本語が上手い、うらやましいかぎりだ。
練同學日文真是棒、好羨慕啊!

▸ 由中さんも木村さんも帰国してしまった。寂しいかぎりだ。
田中先生和木村先生都回國了。好寂寞呀!

文法 076 ~きらいがある

意義 有點~、~之嫌(~の傾向がある)
接續 【動詞辭書形・名詞の】+きらいがある

例句 ▸ 由中さんは聞きたくないことは耳に入れないというきらいがある。
不想聽的事、田中先生常常充耳不聞。

▸ 最近の学生は自分で考えず、教師に頼るきらいがある。
最近的學生有不自己思考、依賴老師的傾向。

▸ 彼はいい男だが、酒を飲みすぎるきらいがある。
他是個好人、不過有飲酒過量的傾向。

文法 077 ~べからず

意義 禁止~、不可以(~てはいけない)
接續 【動詞辭書形】+べからず(する)常用「すべからず」形式)

例句 ▸ 芝生に入るべからず。
「禁止進入草坪。」

▸ 人のものを盗むべからず。
「不可以偷別人的東西。」

▸ 作品に触るべからず。
「不可以接觸作品。」

文法 078 ~しまつだ

意義 落得~結果、到~地步(~という悪い結果になる)
接續 【動詞修飾形】+しまつだ

例句 ▸ 手が痺れて、箸も持てないしまつだ。
手痺得連筷子都拿不起來。

▸ 花子は園親とけんかして、ついに家出までするしまつだ。
花子和父母吵架、最後還離家出走。

Step2. 在研讀前三單元之後，可運用

第四單元　模擬試題 ＋ 完全解析

做練習。

三回的模擬試題，均附上解答與老師之詳細解說，測驗實力之餘，
也可補強不足之處。

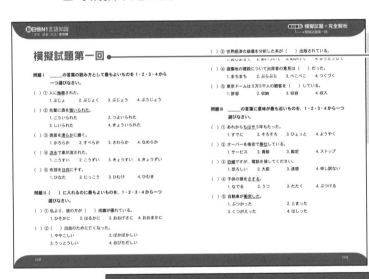

實戰練習

完全模擬新日
檢出題方向，
培養應考戰鬥
力。

**日文原文與
中文翻譯**

測驗後立即對照，
掌握自我實力。

解析

老師詳解模擬試
題，了解盲點所
在。

如何掃描 QR Code 下載音檔

1. 以手機內建的相機或是掃描 QR Code 的 App 掃描封面的 QR Code。
2. 點選「雲端硬碟」的連結之後，進入音檔清單畫面，接著點選畫面右上角的「三個點」。
3. 點選「新增至「已加星號」專區」一欄，星星即會變成黃色或黑色，代表加入成功。
4. 開啟電腦，打開您的「雲端硬碟」網頁，點選左側欄位的「已加星號」。
5. 選擇該音檔資料夾，點滑鼠右鍵，選擇「下載」，即可將音檔存入電腦。

目 次

23 第一單元
文字·語彙（上）──和語篇

139 第三單元 文法篇

184 ▶ 五 句尾用法

一　接尾語・複合語　　　四　接續用法
二　副助詞　　　　　　　五　句尾用法
三　複合助詞　　　　　　六　形式名詞

新日檢N1言語知識
（文字・語彙・文法）全攻略

第一單元
文字・語彙（上）
──和語篇

第一單元「文字・語彙（上）──和語篇」分成七部份，幫助讀者平日背誦以及考前總複習。

七部份分別為一、訓讀名詞，二、和語動詞，三、イ形容詞，四、ナ形容詞，五、副詞，六、外來語，七、接續詞。

只要記住這些語彙，不僅「語彙」相關考題可以拿到滿分，亦有助於理解「讀解」之文章。請搭配MP3音檔學習，效果更佳。

一　訓讀名詞

　　漢字讀音可分為「音讀」和「訓讀」。「音讀」時，該漢字是以其字音來發音，由於這樣的發音與中文發音有著一定程度的關聯，所以對華人來說，只要多接觸，一定能夠慢慢掌握發音的規則。另一方面，「訓讀」卻非以字音來發音，而是以字義來發音。正因為該漢字的唸法與漢字的字音無關，所以如果沒學過的詞彙，再怎麼樣也不可能知道應該怎麼發音。因此，本單元整理出了新日檢N1考試範圍內的訓讀名詞，並以音節數及五十音順序排列。配合隨書所附的MP3音檔，絕對可以幫助讀者在最短的時間內，輕鬆熟記以下的訓讀名詞。

　　此外，各位讀者知道什麼是「重箱<ruby>読<rt>じゅうばこ よ</rt></ruby>み」、什麼是「湯桶<ruby>読<rt>ゆ とう よ</rt></ruby>み」嗎？「重箱<ruby><rt>じゅうばこ</rt></ruby>」是「多層餐盒」的意思，由於「重箱」這個漢詞的第一個漢字「重<ruby><rt>じゅう</rt></ruby>」是以「音讀」的方式來發音、「箱<ruby><rt>ばこ</rt></ruby>」是以「訓讀」的方式來發音，因此「重箱読<ruby><rt>じゅうばこ よ</rt></ruby>み」可以稱為「音訓唸法」（例如「職場<ruby><rt>しょく ば</rt></ruby>」、「判子<ruby><rt>はん こ</rt></ruby>」等等亦是）。而「湯桶<ruby><rt>ゆ とう</rt></ruby>」是「盛茶湯、麵湯的小桶子」的意思，第一個漢字「湯<ruby><rt>ゆ</rt></ruby>」以「訓讀」的方式發音，第二個漢字「桶<ruby><rt>とう</rt></ruby>」則以「音讀」的方式發音，因此「湯桶読<ruby><rt>ゆ とう よ</rt></ruby>み」可以稱為「訓音唸法」（例如「場所<ruby><rt>ば しょ</rt></ruby>」、「合図<ruby><rt>あい ず</rt></ruby>」等等亦是）。

　　正因為「重箱<ruby>読<rt>じゅうばこ よ</rt></ruby>み」和「湯桶<ruby>読<rt>ゆ とう よ</rt></ruby>み」是漢詞的特殊唸法，學習者常會弄錯，自然也是考試常出現的考題。所以本節亦將相關單字整理在裡面，記得要想一想哪一些詞彙是這樣子的特殊發音喔！

（一）單音節名詞 MP3-01))

日文發音	漢字表記	中文翻譯	日文發音	漢字表記	中文翻譯
え	柄	柄	お	尾	尾巴
す	巢	巢、窩	す	酢	醋
せ	瀬	淺灘、急流	は	刃	刀刃
ほ	穗	穗	め	芽	芽
や	矢	箭			

（二）雙音節名詞 MP3-02))

	日文發音	漢字表記	中文翻譯	日文發音	漢字表記	中文翻譯
ア行	あか	垢	污垢	あさ	麻	麻
	あな	穴	洞、孔	あみ	網	網
	あわ	泡	泡沫	いね	稲	水稻
	うず	渦	漩渦	うそ	嘘	謊言
	うめ	梅	梅子	えさ	餌	飼料、餌
	えり	襟	衣襟	おか	丘	丘陵
	おき	沖	湖面、海上	おす	雄	雄性、公
	おに	鬼	妖怪	おび	帯	衣帶
	おれ	俺	我（男性用語）			

日文發音	漢字表記	中文翻譯	日文發音	漢字表記	中文翻譯
かぎ	鍵	鑰匙、關鍵	かげ	影	影子
かげ	陰	陰影	がけ	崖	懸崖
かご	籠	籃子、籠子	かさ	傘	雨傘
かた	肩	肩膀	かな	仮名	假名
かね	鐘	鐘	かぶ	株	樹株、股票
かべ	壁	牆壁	かま	釜	鍋子
から	殻	外殼	がら	柄	體格、人品、花紋
かり	狩り	狩獵	きし	岸	岸
きず	傷	傷口	きぬ	絹	絲綢
きり	霧	霧	くき	茎	莖、稈
くぎ	釘	釘子	くせ	癖	習慣
こし	腰	腰	こと	琴	琴、箏

力行

日文發音	漢字表記	中文翻譯	日文發音	漢字表記	中文翻譯
さじ	匙	匙子	しお	潮	潮汐
した	舌	舌頭	しば	芝	草皮
しも	霜	霜	しり	尻	屁股
しる	汁	汁液、湯	しろ	城	城
すき	鋤	鋤頭	すき	隙	空隙
すぎ	杉	杉樹	すじ	筋	筋
すず	鈴	鈴鐺	すそ	裾	下擺
すな	砂	沙	すみ	隅	角落

サ行

サ行	すみ	墨	墨	せき	咳	咳嗽
	そで	袖	袖子			

	日文發音	漢字表記	中文翻譯	日文發音	漢字表記	中文翻譯
タ行	たき	滝	瀑布	たけ	丈	高矮、長短
	ただ	只	免費、普通	たて	縦	豎、縱
	たな	棚	支架	たに	谷	山谷、溪谷
	たね	種	種子	たば	束	把、捆
	たま	弾	子彈	だめ	駄目	無用、白費
	つな	綱	繩索	つぶ	粒	顆粒
	つぼ	壺	壺、罐	つみ	罪	罪過
	つめ	爪	指甲	つゆ	露	露水
	どて	土手	堤防	どろ	泥	泥

	日文發音	漢字表記	中文翻譯	日文發音	漢字表記	中文翻譯
ナ行	なえ	苗	苗、秧	なぞ	謎	謎語
	なべ	鍋	鍋	なみ	波	波浪
	なみ	並	普通、一般	なわ	縄	繩索
	にじ	虹	彩虹	ぬま	沼	沼澤
	のき	軒	屋簷	のど	喉	喉嚨

	日文發音	漢字表記	中文翻譯	日文發音	漢字表記	中文翻譯
八行	はか	墓	墓	はし	箸	筷子
	はし	端	開端、邊緣	はじ	恥	丟臉
	はず	筈	該、道理	はた	旗	旗幟
	はね	羽	羽毛	はば	幅	寬、幅度
	はま	浜	海濱	ひげ	髭	鬍鬚
	ひざ	膝	膝蓋	ひじ	肘	手肘
	ひま	暇	閒暇	ひも	紐	細繩
	ふえ	笛	笛子	ふし	節	竹節、關節
	ふた	蓋	蓋子	ふだ	札	牌子
	ふち	縁	邊、緣	ほお／ほほ	頬	臉頰

	日文發音	漢字表記	中文翻譯	日文發音	漢字表記	中文翻譯
マ行	また	股	分岔、胯下	まち	街	城鎮
	まつ	松	松樹	まど	窓	窗戶
	まめ	豆	豆子	まゆ	眉	眉毛
	みき	幹	樹幹	みぞ	溝	水溝
	みね	峰	山峰	みや	宮	皇宮
	むこ	婿	女婿	むちゃ	無茶	過分

	日文發音	漢字表記	中文翻譯	日文發音	漢字表記	中文翻譯
ヤ行	やみ	闇	黑暗	ゆみ	弓	弓
	ゆめ	夢	夢	よめ	嫁	媳婦、新娘、內人

	日文發音	漢字表記	中文翻譯	日文發音	漢字表記	中文翻譯
ワ行	わき	脇	腋下、旁邊	わく	枠	框、範圍
	わけ	訳	意思、理由	われ	我	我

（三）三音節名詞 MP3-03

	日文發音	漢字表記	中文翻譯	日文發音	漢字表記	中文翻譯
ア行	あいま	合間	空隙、空閒	あかじ	赤字	赤字
	あたい	値	價值	あまぐ	雨具	雨具
	あらし	嵐	暴風雨	いえで	家出	離家出走
	いずみ	泉	泉水	いのち	命	生命
	うけみ	受け身	被動	うつわ	器	容器
	うわき	浮気	見異思遷、外遇	うわさ	噂	傳聞
	えもの	獲物	獵物、戰利品	おちば	落ち葉	落葉

	日文發音	漢字表記	中文翻譯	日文發音	漢字表記	中文翻譯
カ行	かがみ	鏡	鏡子	かしら	頭	首領
	かすみ	霞	晚霞	かたな	刀	刀
	かって	勝手	任意	かわら	瓦	瓦
	くぎり	区切り	段落	くさり	鎖	鎖鏈
	くびわ	首輪	項圈、項鍊	くろじ	黒字	盈餘
	けもの	獣	野獸	こがら	小柄	身材短小、碎花紋

力行	ここち	心地	心情	こずえ	梢	樹梢
	こぜに	小銭	零錢	こよみ	暦	日暦、月暦

	日文發音	漢字表記	中文翻譯	日文發音	漢字表記	中文翻譯
サ行	さしず	指図	指示	しあげ	仕上げ	做完、收尾
	しいれ	仕入れ	採購	しくみ	仕組み	構造
	したじ	下地	準備、底子	したび	下火	火勢漸微
	じぬし	地主	地主	じもと	地元	當地
	すがた	姿	姿態	すなお	素直	純真

	日文發音	漢字表記	中文翻譯	日文發音	漢字表記	中文翻譯
タ行	たたみ	畳	榻榻米	つぎめ	継ぎ目	接縫
	つなみ	津波	海嘯	つばさ	翼	翅膀
	てあて	手当	津貼	てぎわ	手際	技巧
	てじゅん	手順	步驟	てじょう	手錠	手銬
	てすう	手数	費事	てちょう	手帳	記事本
	てはい	手配	安排	てびき	手引き	嚮導
	てほん	手本	範例	てもと	手元	身邊
	てわけ	手分け	分工	とうげ	峠	山嶺
	となり	隣	隔壁	とびら	扉	門扉
	とんや	問屋	批發商			

	日文發音	漢字表記	中文翻譯	日文發音	漢字表記	中文翻譯
ナ行	なかば	半ば	一半	なごり	名残	餘韻、留戀
	なさけ	情け	人情	なだれ	雪崩	雪崩
	ななめ	斜め	斜、歪	なふだ	名札	名牌
	なまみ	生身	活人	なまり	鉛	鉛
	なみだ	涙	眼淚	ねいろ	音色	音色
	ねうち	値打ち	價值	ねびき	値引き	減價

	日文發音	漢字表記	中文翻譯	日文發音	漢字表記	中文翻譯
ハ行	はかせ	博士	博士	はしら	柱	支柱
	はだか	裸	裸體	はだし	裸足	赤腳
	はまべ	浜辺	海邊	ひごろ	日頃	平日
	ひとけ	人気	好像有人的樣子、人的聲息	ひとみ	瞳	眼睛、瞳孔
	ひとめ	人目	他人眼光	ひどり	日取り	擇日、日期
	ひなた	日向	向陽處	ひばな	火花	火花
	ひやけ	日焼け	曬黑	ふくろ	袋	袋
	ほのお	炎	火焰			

	日文發音	漢字表記	中文翻譯	日文發音	漢字表記	中文翻譯
マ行	まうえ	真上	正上面	まくら	枕	枕頭
	まこと	誠	誠實	ました	真下	正下面
	みあい	見合い	相親	みこみ	見込み	預估、希望
	みさき	岬	海角	みずけ	水気	水分
	みなと	港	港口			

ヤ行	日文發音	漢字表記	中文翻譯	日文發音	漢字表記	中文翻譯
	やくば	役場	公所	やしき	屋敷	建築用地、宅邸
	やちん	家賃	房租	よふけ	夜更け	深夜

（四）四音節名詞 MP3-04))

ア行	日文發音	漢字表記	中文翻譯	日文發音	漢字表記	中文翻譯
	あとつぎ	後継ぎ	繼承人	あぶらえ	油絵	油畫
	あまくち	甘口	帶甜味的、花言巧語	ありさま	有り様	情況
	いいわけ	言い訳	藉口	うけもち	受け持ち	擔任
	うちけし	打ち消し	取消	うちわけ	内訳	明細、分類
	うでまえ	腕前	才幹	うめぼし	梅干し	酸梅
	うりだし	売り出し	促銷、減價	えんがわ	縁側	外走廊
	おおがら	大柄	魁梧、大花圖案	おおすじ	大筋	大綱
	おおはば	大幅	大幅度	おおやけ	公	公共
	おちつき	落ち着き	鎮靜、沉著	おてあげ	お手上げ	束手無策
	おもむき	趣	意思、趣味	おりもの	織物	紡織品

カ行	日文發音	漢字表記	中文翻譯	日文發音	漢字表記	中文翻譯
	かいがら	貝殻	貝殼	かおつき	顔付き	相貌
	かけあし	駆け足	跑步	かたこと	片言	隻字片語、不清楚的話

	日文發音	漢字表記	中文翻譯	日文發音	漢字表記	中文翻譯
力行	かたづけ	片づけ	收拾	かたまり	塊	塊
	かたわら	傍ら	旁邊	かぶしき	株式	股份
	かみなり	雷	雷	かんむり	冠	冠
	くさばな	草花	花草	くちびる	唇	嘴唇
	くろうと	玄人	專家	こころえ	心得	素養、須知
	こぎって	小切手	支票	ことがら	事柄	事情
	こんいろ	紺色	深藍色	こんだて	献立	菜單、籌備

	日文發音	漢字表記	中文翻譯	日文發音	漢字表記	中文翻譯
サ行	さかだち	逆立ち	倒立、顛倒	さしひき	差し引き	差額
	ざんだか	残高	餘額	さんばし	桟橋	碼頭
	しあがり	仕上がり	完成	したどり	下取り	抵價
	しろうと	素人	外行、業餘者			

	日文發音	漢字表記	中文翻譯	日文發音	漢字表記	中文翻譯
タ行	だいなし	台なし	蹧蹋、垮台、泡湯	ただいま	只今	目前、現在
	たてまえ	建前	原則	たましい	魂	靈魂、精神
	つりがね	釣り鐘	吊鐘	つりかわ	吊り革	吊環
	ておくれ	手遅れ	耽擱、為時已晚	てがかり	手掛かり	線索
	でなおし	出直し	再來、重新做起	てまわし	手回し	安排
	どうあげ	胴上げ	往上拋	ときおり	時折	有時

タ行	としごろ	年頃	適婚年齢、適齢期	とじまり	戸締まり	鎖門
	とりひき	取引	交易	どろぬま	泥沼	泥沼
	どわすれ	度忘れ	一時想不起來	どんぶり	丼	大碗、蓋飯

ナ行	日文發音	漢字表記	中文翻譯	日文發音	漢字表記	中文翻譯
	なこうど	仲人	媒人	にせもの	偽物	冒牌貨
	ねまわし	根回し	事先疏通	のきなみ	軒並み	連棟房子
	のっとり	乗っ取り	攻佔			

ハ行	日文發音	漢字表記	中文翻譯	日文發音	漢字表記	中文翻譯
	はちみつ	蜂蜜	蜂蜜	はらだち	腹立ち	生氣憤怒
	はりがみ	張り紙	廣告、標語	ひといき	一息	一口氣
	ひとかげ	人影	人影	ひとがら	人柄	人品、為人
	ひところ	一頃	一時	ひとすじ	一筋	一條
	ひとじち	人質	人質	ひるめし	昼飯	午飯
	ふところ	懐	懷裡、錢			

	日文發音	漢字表記	中文翻譯	日文發音	漢字表記	中文翻譯
マ行	まえうり	前売り	預售	まえおき	前置き	前言
	まごころ	真心	誠意	みずうみ	湖	湖泊
	みずから	自ら	自己	みつもり	見積もり	估價
	みとおし	見通し	預測	みなもと	源	根源
	みならい	見習い	見習	みのうえ	身の上	境遇、身世、命運
	みはらし	見晴らし	眺望	むらさき	紫	紫色

	日文發音	漢字表記	中文翻譯	日文發音	漢字表記	中文翻譯
ヤ行	ゆうやけ	夕焼け	晩霞	よこづな	横綱	首屈一指、橫綱（相撲一級力士）
	よしあし	善し悪し	善惡	よふかし	夜更かし	熬夜

	日文發音	漢字表記	中文翻譯	日文發音	漢字表記	中文翻譯
ワ行	わりあて	割り当て	分配	わりこみ	割り込み	插入、插隊、擠入
	わるもの	悪者	壞蛋			

（五）五音節名詞 MP3-05

	日文發音	漢字表記	中文翻譯
ア～サ行	あいだがら	間柄	關係
	あとまわし	後回し	往後挪、緩辦
	あんのじょう	案の定	正如所料
	いなびかり	稲光	閃電
	うえきばち	植木鉢	花盆
	うらがえし	裏返し	反過來
	おないどし	同い年	同年
	おもてむき	表向き	公開
	かじょうがき	箇条書き	條列
	かたおもい	片思い	單戀
	かなづかい	仮名遣い	假名用法
	からだつき	体つき	體型
	かんちがい	勘違い	誤解
	くびかざり	首飾り	項鍊
	こころがけ	心掛け	留心
	したごころ	下心	別有用心

	日文發音	漢字表記	中文翻譯
タ〜ワ行	つとめさき	勤め先	工作地點
	といあわせ	問い合わせ	詢問
	とおまわり	遠回り	繞道
	ともかせぎ	共稼ぎ	雙薪家庭
	とりしまり	取り締まり	取締
	ひかえしつ	控え室	休息室
	ひだりきき	左利き	左撇子
	むだづかい	無駄使い	浪費
	わたりどり	渡り鳥	候鳥

（六）六音節名詞 MP3-06))

日文發音	漢字表記	中文翻譯
とりあつかい	取り扱い	接待、處理

二 和語動詞

　　如果將日文的動詞做最簡易的分類，可以分為「漢語動詞」和「和語動詞」。「漢語動詞」指的就是「名詞＋する」這類的動詞。而「和語動詞」，指的是「Ⅰ類動詞」、「Ⅱ類動詞」以及「Ⅲ類動詞」中的「来る」。這些動詞的發音均為訓讀，因此無法從漢字去推測其讀音，所以必須一個一個記下來。

　　本單元將新日檢N1範圍的和語動詞先分為「Ⅰ類動詞」、「Ⅱ類動詞」二類。再依型態，以語尾音節整理，並按照五十音順序排列。相信可以幫助考生用最短的時間瞭解相關動詞。此外，考試時的備選答案通常是同型態的動詞，所以同一組的動詞請互相對照發音的異同。

　　考試時，在題目上通常不會出現漢字，因此希望不要依賴漢字去記字義，而是要確實熟記每個動詞的發音才行。雖然相關動詞不少，但若能將以下「和語動詞」記熟，新日檢N1考試等於成功了一半。所以，請好好加油吧！

　　本書動詞分類方式如下：

（一）Ⅰ類動詞 （五段動詞）	1.「～う」 2.「～く」 3.「～す」 4.「～つ」 5.「～ぶ」 6.「～む」 7.「～る」

（二）Ⅱ類動詞 （上一段・下一段動詞）	1.「～i る」	
	2.「～e る」	2.1「～える」 2.2「～ける」 2.3「～せる」 2.4「～てる」 2.5「～ねる」 2.6「～へる」 2.7「～める」 2.8「～れる」

（一）Ⅰ類動詞（五段動詞）

1.「～う」 MP3-07))

	日文發音	漢字表記	例句
ア行	あう	遭う	父は帰宅途中で交通事故に遭った。 父親在回家路上出了車禍。
	あざわらう	嘲笑う	鈴木さんは鼻先で嘲笑った。 鈴木先生「哼」地冷笑了一聲。
	あつかう	扱う	機械を扱う時は、気をつけてください。 操作機器時，請小心。
	うたがう	疑う	疑う余地がない。 沒有懷疑的餘地。
	うばう	奪う	盗賊が旅人から金を奪った。 盗賊從旅人奪走金錢。

	うるおう	潤う	この雨で植物が潤うだろう。 因為這場雨，植物應該滋潤了吧！
ア行	おう	負う	任務を負う。 背負任務。
	おおう	覆う	山は紅葉に覆われている。 山被紅葉覆蓋著。
	おそう	襲う	嵐に襲われる。 被暴風雨襲擊。

	日文發音	漢字表記	例句
カ行	かう	飼う	犬を2匹飼っている。 養著二隻狗。
	かなう	叶う	夢が叶うように頑張っている。 為了實現夢想而努力著。
	かばう	庇う	弱い者を庇う。 保護弱者。
	きらう	嫌う	彼女は皆に嫌われている。 她被大家討厭。
	くいちがう	食い違う	2人の意見は食い違った。 二人意見分歧。

日文發音	漢字表記	例句
さそう	誘う	仲間を散歩に誘う。 約朋友散步。
さらう	攫う	中島さんの子供が攫われた。 中島先生的小孩被捉走了。
したう	慕う	恋人を慕ってロサンゼルスまで行く。 追隨戀人到洛杉磯去。
したがう	従う	児童たちは先生の後に従った。 兒童們跟在老師後面。
そう	沿う	住民の声に沿う。 順應居民的聲音。
そう	添う	まるで影の形に添うようにいつも一緒にいる。 形影不離地一直在一起。
そこなう	損う	彼女の機嫌を損う。 破壞她的情緒。
そろう	揃う	生徒が講堂に揃った。 學生聚在禮堂了。

左欄：サ行

日文發音	漢字表記	例句
ただよう	漂う	空に白い雲が漂っている。 天空飄著白雲。
ちかう	誓う	神にかけて誓う。 向神明發誓。
つくろう	繕う	屋根を繕う。 修理屋頂。

左欄：タ行

	日文發音	漢字表記	例句
夕行	とう	問う	道を<u>問う</u>。 問路。
	ととのう	整う	列が<u>整って</u>いる。 隊伍整齊。
	ともなう	伴う	社長に<u>伴って</u>出張する。 陪社長出差。
	とりあつかう	取り扱う	事務を<u>取り扱う</u>。 處理事務。

	日文發音	漢字表記	例句
ナ行	におう	匂う	この花はよく<u>匂って</u>いる。 這個花很香。
	にかよう	似通う	2人は性格まで<u>似通う</u>。 二人連個性都像。
	にぎわう	賑わう	市場は<u>賑わって</u>いる。 市場很熱鬧。
	になう	担う	自分のしたことに責任を<u>担う</u>。 對自己所做的事承擔責任。
	ぬう	縫う	洋子がエプロンを<u>縫って</u>いる。 洋子縫著圍裙。
	ねらう	狙う	この商品は若い女性を<u>狙って</u>いる。 這項商品以年輕女性為對象。
	のろう	呪う	陰であの人を<u>呪う</u>。 暗地裡詛咒那個人。

	日文發音	漢字表記	例句
ハ行	はう	這う	赤ん坊が這っている。 嬰兒在爬。
	はじらう	恥じらう	あの少女は恥じらうように俯いている。 那個少女好像害羞地低著頭。

	日文發音	漢字表記	例句
マ行	まう	舞う	蝶が空を舞う。 蝴蝶在空中飛舞。
	まかなう	賄う	夕食を賄う。 供應晚餐。
	みならう	見習う	先生の発音を見習う。 模仿老師的發音。
	みはからう	見計らう	昼食の材料を見計らう。 斟酌午餐的材料。
	もらう	貰う	子供はおじいさんからおやつを貰った。 小孩從爺爺那裡得到零嘴。

	日文發音	漢字表記	例句
ヤ行	やしなう	養う	家族を養う。 養活一家人。
	よう	酔う	友達が酒に酔って暴れた。 朋友喝醉酒大鬧。

2.「～く」 MP3-08

	日文發音	漢字表記	例句
ア行	あいつぐ	相次ぐ	犬が病気で相次いで死んだ。 狗因生病相繼死去。
	あおぐ	仰ぐ	星空を仰ぐ。 仰望星空。
	あざむく	欺く	彼は彼女を欺いた。 他欺騙了女朋友。
	うつむく	俯く	俯いて話す。 低頭說話。
	うけつぐ	受け継ぐ	遺産を受け継ぐ。 繼承遺產。
	えがく	描く	感情を描いた。 描寫感情。
	おどろく	驚く	彼の進歩は実に驚いたものだ。 他的進步實在驚人呀！
	おもむく	赴く	大阪に赴く。 前往大阪。

	日文發音	漢字表記	例句
カ行	かがやく	輝く	ネオンが輝く。 霓虹閃耀。
	かく	欠く	注意を欠いたために、失敗した。 因為不小心而失敗了。

	かせぐ	稼ぐ	学費を稼ぐ。 賺學費。
力行	かわく	渇く	彼は喉が渇いた。 他口很渴。
	きく	聴く	この子は親の言い付けをよく聴く。 這孩子很聽父母的話。
	きずく	築く	事業の基盤を築く。 打下事業的基礎。
	きずつく	傷つく	彼女の心は傷つきやすい。 她的心很容易受傷。
	くだく	砕く	岩を砕く。 粉碎岩石。

	日文發音	漢字表記	例句
サ行	さく	裂く	彼はズボンをずたずたに裂いた。 他把褲子撕得破破爛爛。
	さばく	裁く	法律に従って裁く。 依法判決。
	さわぐ	騒ぐ	夜中に学生が騒いだ。 半夜學生吵鬧。
	しく	敷く	お尻の下に新聞紙を敷く。 把報紙墊在屁股下。
	そむく	背く	約束に背く。 違背約定。

日文發音	漢字表記	例句
たく	炊く	きょうは僕がご飯を炊く。 今天我煮飯。
たたく	叩く	胸を叩いて承知する。 拍胸脯答應。
たどりつく	辿り着く	ようやく夢の彼方に辿り着いた。 終於到達夢想的那一端了。
つく	就く	私は教職に就きたい。 我想從事教職。
つぐ	継ぐ	家業を継ぐ。 繼承家業。
つつく	突つく	肘で突ついて注意する。 用手肘輕碰提醒。
つぶやく	呟く	彼女は何事か呟いていた。 她嘴裡嘟嚷著什麼。
つらぬく	貫く	自分の意志を貫く。 貫徹自己的意志。
とく	説く	改革の必要性を説く。 說明改革的必要性。
とぐ	研ぐ	包丁を研ぐ。 研磨菜刀。
とりつぐ	取り次ぐ	受付が担当者に電話を取り次ぐ。 總機把電話轉給承辦人。

夕行

	日文發音	漢字表記	例句
ナ行	なげく	嘆く	世の腐敗を嘆く。 感嘆社會腐敗。
	なつく	懐く	子供たちはよく私に懐いている。 小孩子們很愛親近我。
	ぬぐ	脱ぐ	玄関でコートを脱いだ。 在玄關脫下外套。
	のぞく	覗く	戸の隙間から覗く。 從門縫偷看。

	日文發音	漢字表記	例句
ハ行	はく	吐く	食べ物を吐いてしまった。 把食物吐了出來。
	はく	履く	新しいソックスを履いた。 穿上新的襪子。
	はぐ	剥ぐ	木の皮を剥ぐ。 剝樹皮。
	はじく	弾く	爪で服のほこりを弾く。 用指甲彈掉衣服上的灰塵。
	はたく	叩く	布団を叩く。 拍打棉被。
	ばらまく	ばら撒く	転んでお菓子を道にばら撒く。 跌倒把點心撒在路上。

八行	ひく	弾く	ピアノを弾_ひく。 彈鋼琴。
	ひっかく	引っ掻く	痒_{かゆ}いところを引_ひっ掻_かく。 搔癢。
	ひびく	響く	歌声_{うたごえ}が空_{そら}に響_{ひび}く。 歌聲響徹雲霄。
	ぼやく	―	仕事_{しごと}がうまくいかないとすぐぼやく。 工作不順利就立刻發牢騷。

	日文發音	漢字表記	例句
マ行	まく	撒く	玄関先_{げんかんさき}に水_{みず}を撒_まく。 把水灑在玄關前。
	まく	蒔く	種_{たね}を蒔_まく。 播種。
	まねく	招く	手_てを振_ふってボーイを招_{まね}く。 揮手叫服務生來。
	みちびく	導く	お客様_{きゃくさま}を席_{せき}に導_{みちび}く。 將客人帶到位子上。
	むすびつく	結び付く	努力_{どりょく}が成功_{せいこう}に結_{むす}び付_つく。 努力與成功密切相關。
	もがく	―	犬_{いぬ}が池_{いけ}に落_おちてもがいている。 狗掉進湖裡掙扎著。
	もとづく	基づく	規則_{きそく}に基_{もと}づいて処理_{しょり}する。 依規定處理。

ヤ行	日文發音	漢字表記	例句
	ゆらぐ	揺らぐ	<ruby>柳<rt>やなぎ</rt></ruby>の<ruby>枝<rt>えだ</rt></ruby>が<ruby>風<rt>かぜ</rt></ruby>に<ruby>揺<rt>ゆ</rt></ruby>らぐ。 柳枝在風中搖曳。

ワ行	日文發音	漢字表記	例句
	わく	湧く	<ruby>海中<rt>かいちゅう</rt></ruby>から<ruby>石油<rt>せきゆ</rt></ruby>が<ruby>湧<rt>わ</rt></ruby>いている。 石油從海底湧出。

3.「～す」 MP3-09 🔊

ア行	日文發音	漢字表記	例句
	あかす	明かす	<ruby>秘密<rt>ひみつ</rt></ruby>を<ruby>明<rt>あ</rt></ruby>かす。 說出祕密。
	あらす	荒らす	<ruby>戦争<rt>せんそう</rt></ruby>が<ruby>村<rt>むら</rt></ruby>を<ruby>荒<rt>あ</rt></ruby>らす。 戰爭使村子荒廢了。
	いかす	活かす	<ruby>お金<rt>かね</rt></ruby>を<ruby>活<rt>い</rt></ruby>かして<ruby>使<rt>つか</rt></ruby>う。 活用金錢。
	いたす	致す	さっそく<ruby>先生<rt>せんせい</rt></ruby>に<ruby>電話<rt>でんわ</rt></ruby><ruby>致<rt>いた</rt></ruby>します。 立刻致電老師。
	うながす	促す	<ruby>早<rt>はや</rt></ruby>く<ruby>返事<rt>へんじ</rt></ruby>するよう<ruby>彼<rt>かれ</rt></ruby>を<ruby>促<rt>うなが</rt></ruby>す。 催他快點答覆。
	うりだす	売り出す	チケットを<ruby>１１時<rt>じゅういちじ</rt></ruby>から<ruby>売<rt>う</rt></ruby>り<ruby>出<rt>だ</rt></ruby>す。 十一點開始賣票。
	うるおす	潤す	<ruby>お茶<rt>ちゃ</rt></ruby>で<ruby>喉<rt>のど</rt></ruby>を<ruby>潤<rt>うるお</rt></ruby>す。 用茶潤喉。

	おいだす	追い出す	組織から裏切り者を追い出す。 把叛徒趕離組織。
	おかす	犯す	罪を犯す。 犯罪。
	おかす	侵す	人権を侵す。 侵犯人權。
	おかす	冒す	危険を冒して救助に向かう。 冒險前往救援。
ア行	おくらす	遅らす	時計の針を 1 時間遅らす。 把鐘錶的指針撥慢一個小時。
	おどかす	脅かす	ナイフで人を脅かす。 用刀子威脅人。
	おどす	脅す	ナイフで人を脅す。 用刀子威脅人。
	おどろかす	驚かす	その事件は日本中を驚かせた。 那個事件震驚了全日本。
	おびやかす	脅かす	公害が人民の健康を脅かす。 公害威脅人民的健康。
	およぼす	及ぼす	台風は大きな被害を及ぼした。 颱風造成了很大的災害。

	日文發音	漢字表記	例句
力行	かきまわす	かき回す	スープをかき回^{まわ}す。 攪拌湯。
	かわす	交わす	手紙^{てがみ}を交^かわす。 通信。
	くずす	崩す	山^{やま}を崩^{くず}して住宅^{じゅうたく}を建^たてた。 把山剷平蓋住宅。
	くつがえす	覆す	波^{なみ}が船^{ふね}を覆^{くつがえ}した。 浪打翻了船。
	くりかえす	繰り返す	注意^{ちゅうい}を繰^くり返^{かえ}す。 反覆叮嚀。
	けとばす	蹴飛ばす	ボールを蹴^け飛^とばす。 把球踢開。
	けなす	貶す	彼女^{かのじょ}は彼^{かれ}の小説^{しょうせつ}を貶^{けな}した。 她貶低了他的小說。
	こがす	焦がす	パンを焦^こがした。 把麵包烤焦了。
	こころざす	志す	彼女^{かのじょ}は作家^{さっか}を志^{こころざ}している。 她立志要當作家。
	こらす	凝らす	息^{いき}を凝^こらして聞^きいている。 屏氣凝神地聽著。
	こわす	壊す	子供^{こども}がコップを壊^{こわ}した。 小孩打破了杯子。

	日文發音	漢字表記	例句
サ行	さす	挿す	花瓶に花を挿す。 把花插在花瓶裡。
	しるす	記す	感想を日記に記す。 把感想記在日記上。
	すます	済ます	仕事を済ます。 完成工作。
	すます	澄ます	心を澄ます。 專心。
	そらす	反らす	身を反らして笑う。 仰天大笑。
	そらす	逸らす	話をうまく逸らす。 巧妙地岔開話題。

	日文發音	漢字表記	例句
タ行	たてなおす	立て直す	計画を立て直す。 重作計畫。
	ついやす	費やす	このアルバムの完成に 1 年を費やした。 耗費一年的時間完成了這張專輯。
	つくす	尽くす	成功のために、全力を尽くす。 為了成功而盡全力。
	でくわす	出くわす	街で友達に出くわした。 在街上偶遇了朋友。
	てりかえす	照り返す	路面が日差しを照り返す。 路面反射陽光。

日文發音	漢字表記	例句
なやます	悩ます	工場の騒音が住民を悩ます。 工廠的噪音讓居民傷腦筋。
ならす	慣らす	体を寒さに慣らす。 讓身體習慣寒冷。
にげだす	逃げ出す	隙を見て逃げ出す。 趁隙逃跑。
にごす	濁す	池の水を濁す。 把池水弄混濁。
ぬかす	抜かす	大事なところを抜かした。 漏了重要之處。
ぬけだす	抜け出す	授業をさぼって、学校を抜け出す。 蹺課溜出學校。
ぬらす	濡らす	髪の毛を濡らした。 弄濕了頭髮。
のがす	逃す	チャンスを逃す。 錯過機會。
のばす	伸ばす	才能を伸ばす。 發揮才能。

（左欄：ナ行）

日文發音	漢字表記	例句
はげます	励ます	友達を励ます。 鼓勵朋友。
はたす	果たす	希望を果たした。 實現了願望。

（左欄：ハ行）

	日文發音	漢字表記	例句
ハ行	はなす	離す	2人はつないでいた手を<u>離した</u>。 二人將牽著的手放開。
	はやす	生やす	ひげを<u>生やす</u>。 留鬍子。
	ひきおこす	引き起こす	トラブルを<u>引き起こす</u>。 引發麻煩。
	ひたす	浸す	水に足を<u>浸す</u>。 把腳泡在水裡。
	ひやかす	冷やかす	友達を<u>冷やかす</u>。 奚落朋友。
	ふやす	殖やす	貯金を 200 万円に<u>殖やした</u>。 把存款增為二百萬日圓。
	ほどこす	施す	手術を<u>施す</u>。 施行手術。
	ほろぼす	滅ぼす	敵を<u>滅ぼす</u>。 消滅敵人。

	日文發音	漢字表記	例句
マ行	まかす	任す	この仕事を彼女に<u>任す</u>。 把這件工作交待給她。
	まかす	負かす	ライバルを<u>負かす</u>。 打敗競爭對手。
	みたす	満たす	成功が心を<u>満たす</u>。 成功讓心靈滿足。

マ行	みだす	乱す	心<ruby>心<rt>こころ</rt></ruby>を<ruby>乱<rt>みだ</rt></ruby>す。 擾亂心神。
	みなす	見なす	<ruby>黙<rt>だま</rt></ruby>っている<ruby>者<rt>もの</rt></ruby>は<ruby>賛成<rt>さんせい</rt></ruby>と<ruby>見<rt>み</rt></ruby>なす。 不說話的人視為贊成。
	みのがす	見逃す	せっかくのチャンスを<ruby>見逃<rt>みのが</rt></ruby>す。 錯過難得的機會。
	めす	召す	お<ruby>気<rt>き</rt></ruby>に<ruby>召<rt>め</rt></ruby>しましたか。 您滿意了嗎？
	もたらす	－	<ruby>戦争<rt>せんそう</rt></ruby>が<ruby>惨<rt>みじ</rt></ruby>めな<ruby>生活<rt>せいかつ</rt></ruby>をもたらした。 戰爭帶來了悲慘的生活。
	もてなす	持て成す	<ruby>先生<rt>せんせい</rt></ruby>を<ruby>持<rt>も</rt></ruby>て<ruby>成<rt>な</rt></ruby>す。 招待老師。
	もよおす	催す	カラオケ<ruby>大会<rt>たいかい</rt></ruby>を<ruby>催<rt>もよお</rt></ruby>す。 舉辦卡拉OK比賽。
	もらす	漏らす	<ruby>秘密<rt>ひみつ</rt></ruby>を<ruby>漏<rt>も</rt></ruby>らした。 洩漏了祕密。

	日文發音	漢字表記	例句
ヤ行	やりとおす	やり通す	<ruby>最後<rt>さいご</rt></ruby>まで<ruby>仕事<rt>しごと</rt></ruby>をやり<ruby>通<rt>とお</rt></ruby>す。 把工作做到最後。
	ゆびさす	指差す	<ruby>子供<rt>こども</rt></ruby>は<ruby>好<rt>す</rt></ruby>きな<ruby>物<rt>もの</rt></ruby>を<ruby>指差<rt>ゆびさ</rt></ruby>す。 小孩子用手指著喜歡的東西。

4.「～つ」 MP3-10))

	日文發音	漢字表記	例句
ア行	うつ	討つ	味方が敵を討った。 我方征討敵人。
	うつ	撃つ	警官はピストルで犯人を撃った。 警官用槍打中犯人。

	日文發音	漢字表記	例句
タ行	たもつ	保つ	一定の距離を保つ。 保持一定的距離。

	日文發音	漢字表記	例句
ナ行	なりたつ	成り立つ	契約が成り立つ。 契約成立。

5.「～ぶ」 MP3-11))

	日文發音	漢字表記	例句
ア行	およぶ	及ぶ	交渉は 3 時間に及ぶ。 交渉長達三小時。

	日文發音	漢字表記	例句
タ行	とうとぶ	尊ぶ	皆さんの意見を尊ぶ。 尊重大家的意見。
	とぶ	跳ぶ	溝を跳んで反対側に渡った。 跳過水溝到對面。

6.「～む」 MP3-12))

	日文發音	漢字表記	例句
ア行	あからむ	赤らむ	顔が赤らむ。 臉紅。
	あやしむ	怪しむ	すこしも怪しむに足りない。 一點都不足為奇。
	あやぶむ	危ぶむ	わが社の存続を危ぶむ。 危及到我們公司的存亡。
	あゆむ	歩む	自分が選んだ道を歩む。 走自己選擇的路。
	あわれむ	哀れむ	人を哀れむような目で見る。 用同情的眼神看人。
	いきごむ	意気込む	意気込んで答える。 志得意滿地回答。
	いとなむ	営む	生活を営む。 過活。
	いどむ	挑む	世界記録に挑む。 挑戰世界紀錄。

	日文發音	漢字表記	例句
ア行	うちこむ	打ち込む	仕事に打ち込む。 熱衷於工作。
	うむ	産む	子供を産む。 生小孩。
	うらむ	恨む	冷たい態度を恨む。 痛恨冷淡的態度。
	おしむ	惜しむ	寸暇を惜しんで勉強する。 珍惜片刻用功讀書。

	日文發音	漢字表記	例句
カ行	かさむ	嵩む	送料が嵩む。 運費增加。
	かすむ	霞む	月が霞む。 月色朦朧。
	かむ	噛む	チューインガムを噛んでいる。 嚼著口香糖。
	からむ	絡む	糸が絡んで解けない。 繩子纏住，解不開。
	きしむ	軋む	床が軋む。 地板嘎嘎作響。
	くちずさむ	口ずさむ	歌を口ずさみながら、仕事をする。 一邊哼著歌一邊工作。
	くみこむ	組み込む	国際会議の経費を予算に組み込む。 把國際會議的經費編入預算中。

	日文發音	漢字表記	例句
力行	くむ	酌む	お酒を<u>酌</u>む。 斟酒。
	くやむ	悔やむ	後から<u>悔</u>やんでも仕方がない。 事後後悔也沒有用。

	日文發音	漢字表記	例句
サ行	したしむ	親しむ	よく<u>親</u>しんだ友が亡くなった。 很親的朋友過世了。
	すむ	澄む	水が底まで<u>澄</u>んでいる。 水清澈見底。

	日文發音	漢字表記	例句
タ行	たるむ	弛む	皮膚が<u>弛</u>む。 皮膚鬆弛。
	ちぢむ	縮む	セーターが<u>縮</u>む。 毛衣縮水。
	つつしむ	慎む	言葉を<u>慎</u>む。 慎言。
	つまむ	摘む	お寿司を<u>摘</u>む。 夾壽司。
	つむ	摘む	花を<u>摘</u>む。 摘花。
	とりこむ	取り込む	洗濯したものを<u>取り込</u>む。 拿回洗好的東西。

	日文發音	漢字表記	例句
ナ行	にじむ	滲む	血が滲む。 滲血。
	にらむ	睨む	鋭い目つきで睨む。 用銳利的眼神瞪。
	ねたむ	妬む	彼の幸運を妬む。 嫉妒他的幸運。
	のぞむ	望む	進学を望む。 希望升學。
	のぞむ	臨む	あのホテルは湖に臨んでいる。 那間飯店臨著湖泊。
	のりこむ	乗り込む	迎えの車に乗り込む。 坐上迎接的車子。

	日文發音	漢字表記	例句
ハ行	はげむ	励む	仕事に励む。 努力工作。
	はずむ	弾む	このボールはよく弾む。 這個球彈性好。
	はばむ	阻む	彼の発言を阻む。 阻止他發言。
	ふくらむ	膨らむ	ポケットが膨らんでいる。 口袋鼓鼓的。

	日文發音	漢字表記	例句
八行	ふみこむ	踏み込む	悪い道に踏み込む。 走上惡途。
	ふむ	踏む	隣の人の足を踏んでしまった。 踩到了隔壁人的腳。
	ほうりこむ	放り込む	汚れた服を洗濯機に放り込む。 把髒衣服丟進洗衣機。

	日文發音	漢字表記	例句
マ行	まちのぞむ	待ち望む	子供の誕生を待ち望む。 期待小孩的出生。
	めぐむ	恵む	お金を恵む。 施予金錢。

	日文發音	漢字表記	例句
ヤ行	ゆがむ	歪む	ネクタイが歪む。 領帶歪了。
	ゆるむ	緩む	スピードが緩む。 速度減緩。

	日文發音	漢字表記	例句
ワ行	わりこむ	割り込む	列に割り込む。 插隊。

7.「～る」 MP3-13

日文發音	漢字表記	例句
あせる	焦る	勝ちを<ruby>焦<rt>あせ</rt></ruby>って<ruby>失敗<rt>しっぱい</rt></ruby>する。 急於勝利而失敗。
あなどる	侮る	<ruby>彼<rt>かれ</rt></ruby>は<ruby>侮<rt>あなど</rt></ruby>れない<ruby>相手<rt>あいて</rt></ruby>だ。 他是个可輕視的對手。
あやつる	操る	<ruby>彼女<rt>かのじょ</rt></ruby>は<ruby>日本語<rt>にほんご</rt></ruby>を<ruby>自由<rt>じゆう</rt></ruby>に<ruby>操<rt>あやつ</rt></ruby>る。 她說著一口流利的日語。
あやまる	謝る	<ruby>謝<rt>あやま</rt></ruby>っても<ruby>間<rt>ま</rt></ruby>に<ruby>合<rt>あ</rt></ruby>わない。 即使道歉也來不及了。
あらたまる	改まる	ルールが<ruby>改<rt>あらた</rt></ruby>まった。 規矩改了。
いじる	弄る	<ruby>指先<rt>ゆびさき</rt></ruby>で<ruby>髪<rt>かみ</rt></ruby>を<ruby>弄<rt>いじ</rt></ruby>る。 用指尖撥弄頭髮。
いたる	至る	この<ruby>道<rt>みち</rt></ruby>は<ruby>京都<rt>きょうと</rt></ruby>を<ruby>経<rt>へ</rt></ruby>て<ruby>大阪<rt>おおさか</rt></ruby>に<ruby>至<rt>いた</rt></ruby>る。 這條路經由京都到大阪。
いたわる	労る	<ruby>選手<rt>せんしゅ</rt></ruby>を<ruby>労<rt>いたわ</rt></ruby>る。 體恤選手。
いばる	威張る	<ruby>威張<rt>いば</rt></ruby>って<ruby>歩<rt>ある</rt></ruby>く。 大搖大擺地走。
いる	炒る	<ruby>豆<rt>まめ</rt></ruby>を<ruby>炒<rt>い</rt></ruby>る。 炒豆子。
いろどる	彩る	<ruby>花<rt>はな</rt></ruby>で<ruby>食卓<rt>しょくたく</rt></ruby>を<ruby>彩<rt>いろど</rt></ruby>る。 用花朵點綴餐桌。

（ア行）

	うかる	受かる	大学_{だいがく}に受_うかる。 考上大學。

ア行	うかる	受かる	大学に受かる。 考上大學。
	うまる	埋まる	空席が埋まった。 空位都滿了。
	うわまわる	上回る	点数は前のものを上回る。 分數比上次的還高。
	うわる	植わる	庭に花が植わっている。 院子裡種著花。
	おこたる	怠る	学業を怠る。 怠惰學業。
	おごる	奢る	奢った生活をする。 過奢侈的生活。
	おさまる	収まる	香水がバッグの中に収まった。 香水收進了包包裡。
	おそれいる	恐れ入る	ご心配をおかけして恐れ入ります。 很抱歉讓您擔心了。
	おちいる	陥る	うつ状態に陥った。 陷入憂鬱狀態。
	おとる	劣る	体力が劣る。 體力差。
	おる	織る	布を織る。 織布。

日文發音	漢字表記	例句
かざる	飾る	壁に絵を<u>飾る</u>。 在牆上裝飾畫。
かする	掠る	風が頬を<u>掠る</u>。 風吹拂臉頰。
かたよる	偏る	台風の進路が北へ<u>偏った</u>。 颱風行進路線往北偏。
かる	刈る	芝生を<u>刈る</u>。 修剪草坪。
きかざる	着飾る	<u>着飾って</u>パーティーに行く。 盛裝赴宴。
きたる	来る	幸福<u>来る</u>。 幸福來臨。
くぐる	潜る	草むらを<u>潜る</u>。 鑽入草叢。
くさる	腐る	魚はすぐに<u>腐る</u>。 魚很快就會腐敗。
くつがえる	覆る	船が<u>覆った</u>。 船隻翻覆了。
くる	繰る	ページを<u>繰る</u>。 翻頁。
けずる	削る	ナイフで鉛筆を<u>削る</u>。 用小刀削鉛筆。

力行

	日文發音	漢字表記	例句
力行	ける	蹴る	思い切ってボールを蹴った。 使勁地踢球。
	こする	擦る	目を擦る。 揉眼睛。
	こだわる	拘る	細かいことに拘る。 拘泥於小事。
	ことなる	異なる	あの姉妹は性格が異なる。 那對姉妹個性不同。
	こもる	―	部屋にこもって小説を書く。 窩在房裡寫小說。
	こる	凝る	水泳に凝る。 熱衷游泳。

	日文發音	漢字表記	例句
サ行	さえぎる	遮る	カーテンで日差しを遮る。 用窗簾遮住陽光。
	さえずる	囀る	小鳥が囀る。 小鳥叫。
	さしかかる	差し掛かる	もうすぐ雨季に差し掛かる。 雨季就要到來。
	さする	擦る	病人の腰を擦る。 輕搓病人的腰。
	さだまる	定まる	会社の方針が定まった。 公司的政策決定了。

サ行	さとる	悟る	失敗を悟る。 領悟失敗。
	さぼる	－	授業をさぼる。 蹺課。
	さわる	障る	仕事に障る。 妨礙工作。
	しかる	叱る	課長が部下を叱る。 課長罵下屬。
	しきる	仕切る	部屋を2つに仕切る。 將房間分成二部份。
	しくじる	－	大事な仕事をしくじった。 搞砸了重要的工作。
	しげる	茂る	庭に草が茂っている。 院子裡草長得很茂盛。
	しばる	縛る	荷物を紐で縛った。 用繩子綁住行李。
	しぶる	渋る	返事を渋っている。 不肯痛快的答應。
	しぼる	絞る	ぞうきんを絞る。 擰抹布。
	しまる	閉まる	ドアが閉まっている。 門關著。
	すべる	滑る	雨で自転車が滑った。 自行車因雨打滑。

日文發音	漢字表記	例句
サ行 する	擦る	寒くて手を擦る。 冷得搓手。
せまる	迫る	敵が背後に迫ってきた。 敵人逼近身後。
そなわる	備わる	この病院には最新の設備が備わっている。 這個醫院裡具備最新的設備。
そまる	染まる	布がきれいに染まる。 布染得很漂亮。
そる	反る	雑誌の表紙が反る。 雜誌封面翹起來。
そる	剃る	毎朝ひげを剃る。 每天早上刮鬍子。

日文發音	漢字表記	例句
タ行 たずさわる	携わる	教育に携わる。 從事教育工作。
たちさる	立ち去る	涙をこぼし立ち去る。 落淚離去。
たちよる	立ち寄る	帰りに友達のところに立ち寄る。 歸途中順道到朋友那裡去。
たてまつる	奉る	供物を奉る。 獻上祭品。
たどる	辿る	山道を辿る。 走山路。

タ行	たまる	溜まる	ほこりが部屋の隅に溜まっている。 房間的角落積滿灰塵。
	だまる	黙る	先生の怒鳴り声で生徒たちは黙った。 學生因老師的怒罵聲而安靜了。
	たまわる	賜る	ご教示を賜る。 承蒙指教。
	ちぢまる	縮まる	距離が縮まる。 距離縮短。
	つっぱる	突っ張る	筋肉が突っ張る。 肌肉緊繃。
	つねる	抓る	手を抓る。 捏手。
	つのる	募る	不安が募る。 愈來愈不安。
	つぶる	瞑る	目を瞑る。 閉眼睛。
	つらなる	連なる	学生が3列に連なる。 學生排成三排。
	つる	吊る	蚊帳を吊る。 掛蚊帳。
	つる	釣る	魚を釣る。 釣魚。
	とどこおる	滞る	仕事が滞る。 工作延誤。

	夕行		
夕行	とりしまる	取り締まる	非法を<u>取り締まる</u>。 取締非法。
	とる	撮る	写真を<u>撮る</u>。 拍照。

	日文發音	漢字表記	例句
ナ行	なぐる	殴る	息子が隣の子をげんこつで<u>殴った</u>。 兒子用拳頭打了隔壁的小孩。
	にごる	濁る	煙で空気が<u>濁る</u>。 空氣因煙而混濁。
	にぶる	鈍る	動きが<u>鈍る</u>。 動作遲鈍。
	ねだる	強請る	お菓子を<u>強請る</u>。 纏著要零食。
	ねばる	粘る	このもちはよく<u>粘る</u>。 這個麻糬很黏。
	ねる	練る	演技を<u>練る</u>。 磨練演技。
	のっとる	乗っ取る	城を<u>乗っ取る</u>。 攻取城堡。
	ののしる	罵る	上司が部下を<u>罵る</u>。 上司大罵下屬。
	のる	載る	コップがお盆に<u>載っている</u>。 托盤上放著杯子。

日文發音	漢字表記	例句
はかどる	捗る	工事が捗る。 工程進展順利。
はかる	図る	自殺を図る。 企圖自殺。
はかる	諮る	友達に諮って決める。 跟朋友商量後再決定。
はまる	嵌る	指輪が嵌らない。 戒指不合。
はる	貼る	広告を壁に貼る。 把廣告貼在牆上。
はる	張る	池に氷が張った。 池子結冰。
ひたる	浸る	温泉に浸る。 泡溫泉。
ひろまる	広まる	噂が広まる。 流言擴散。
ふりかえる	振り返る	学生時代を振り返る。 回顧學生時代。
ふる	振る	その子は首を横に振った。 那孩子把頭轉向一旁。
へだたる	隔たる	心が隔たる。 感情產生隔閡。

八行

ハ行	へりくだる	謙る	謙^{へりくだ}った態度^{たいど}で接^{せっ}する。 用謙虛的態度對待。
	ほうむる	葬る	真相^{しんそう}を葬^{ほうむ}る。 掩蓋真相。
	ほこる	誇る	才能^{さいのう}を誇^{ほこ}る。 誇耀才能。
	ほる	彫る	石^{いし}で仏像^{ぶつぞう}を彫^ほる。 用石頭雕刻佛像。

	日文發音	漢字表記	例句
マ行	まさる	勝る	実力^{じつりょく}は彼^{かれ}の方^{ほう}が勝^{まさ}っている。 論實力他勝過我。
	まじわる	交わる	友達^{ともだち}と交^{まじ}わる。 與朋友交往。
	またがる	跨る	馬^{うま}に跨^{またが}る。 騎馬。
	むしる	毟る	髪^{かみ}の毛^けを毟^{むし}る。 揪頭髮。
	むらがる	群がる	市場^{いちば}に人^{ひと}が群^{むら}がる。 市場裡擠滿人。
	めくる	捲る	本^{ほん}のページを捲^{めく}る。 翻書。
	めぐる	巡る	池^{いけ}の周辺^{しゅうへん}を巡^{めぐ}る。 繞著池子的周圍。

	日文發音	漢字表記	例句
マ行	もぐる	潜る	海に潜ってあわびを取る。 潛入海裡採鮑魚。
	もりあがる	盛り上がる	世論が盛り上がる。 輿論高漲。
	もる	盛る	ご飯を茶碗に盛る。 把飯盛在碗裡。
	もる	漏る	雨が漏る。 漏雨。

	日文發音	漢字表記	例句
ヤ行	ゆさぶる	揺さぶる	人の心を揺さぶる。 撼動人心。
	ゆずる	譲る	お年寄りに席を譲る。 讓座給老年人。
	よみがえる	蘇る	死者が蘇る。 死者復活。

（二）II類動詞（上一段・下一段動詞）

1.「～i る」 MP3-14))

	日文發音	漢字表記	例句
ア行	あきる	飽きる	僕は遊んで暮らすのに飽きた。 我厭倦了遊玩度日的生活。
	あんじる	案じる	成功するかどうか案じている。 擔心成不成功。
	えんじる	演じる	主役を演じる。 飾演主角。
	おいる	老いる	「老いては子に従え」（ことわざ） 「年老隨子」（諺語）
	おうじる	応じる	電話注文には応じない。 不接受電話訂購。
	おびる	帯びる	使命を帯びる。 帶有使命。
	おもんじる	重んじる	礼儀を重んじる。 重視禮節。

日文發音	漢字表記	例句
かえりみる	省みる	結果を省みる。 反省結果。
かえりみる	顧みる	人生を顧みる。 回顧人生。
きょうじる	興じる	カラオケに興じる。 對卡拉OK有興趣。
きんじる	禁じる	販売を禁じる。 禁止販賣。
くちる	朽ちる	落ち葉が朽ちる。 落葉腐爛。
こころみる	試みる	いろいろな方法を試みる。 嘗試各種方法。
こりる	懲りる	失敗して懲りる。 從失敗中汲取教訓。

力行

日文發音	漢字表記	例句
しいる	強いる	酒を強いる。 強迫喝酒。
しなびる	萎びる	花が萎びた。 花枯萎了。
しみる	染みる	雨が壁に染みる。 雨水滲到牆壁。
じゅんじる	準じる	先例に準じて処置する。 依先例處置。

サ行

	日文發音	漢字表記	例句
夕行	つきる	尽きる	体力が尽きる。 體力耗盡。
	てんじる	転じる	逆境を転じる。 扭轉逆境。
	とじる	綴じる	原稿を綴じる。 裝訂原稿。

	日文發音	漢字表記	例句
ナ行	にる	煮る	母は大根を煮た。 母親燉了蘿蔔。

	日文發音	漢字表記	例句
八行	ひきいる	率いる	学生を率いて調査を行う。 率領學生進行調查。
	ほうじる	報じる	恩に報じる。 報恩。
	ほころびる	綻びる	桜の花が綻びる。 櫻花綻放。
	ほろびる	滅びる	国が滅びる。 國家滅亡。

	日文發音	漢字表記	例句
マ行	みる	診る	医者が患者を診てくれた。 醫生為患者看病。

2.「～eる」

2.1「～える」 MP3-15

	日文發音	漢字表記	例句
ア行	あたえる	与える	子供におもちゃを与える。 給小孩玩具。
	あつらえる	誂える	洋服を誂える。 訂做西服。
	あまえる	甘える	お母さんに甘える。 向母親撒嬌。
	うえる	飢える	飢饉で飢えて死んだ。 因為飢荒餓死了。
	うったえる	訴える	前社長を裁判所に訴えた。 控告了前社長。
	おとろえる	衰える	記憶力が衰える。 記憶力衰退。

	日文發音	漢字表記	例句
カ行	かまえる	構える	家を構える。 蓋房子。
	きたえる	鍛える	体を鍛える。 鍛鍊體力。
	きりかえる	切り替える	考え方を切り替える。 換個角度想。

	日文發音	漢字表記	例句
サ行	さえる	冴える	<ruby>頭<rt>あたま</rt></ruby>が<u><ruby>冴<rt>さ</rt></ruby>える</u>。 頭腦清晰。
	さかえる	栄える	この<ruby>町<rt>まち</rt></ruby>は<ruby>以前<rt>いぜん</rt></ruby>より<u><ruby>栄<rt>さか</rt></ruby>えている</u>。 這個鎮上比以前繁榮。
	さしつかえる	差し支える	<ruby>仕事<rt>しごと</rt></ruby>に<u><ruby>差<rt>さ</rt></ruby>し<ruby>支<rt>つか</rt></ruby>える</u>。 影響工作。
	すえる	据える	<ruby>事務室<rt>じむしつ</rt></ruby>に<ruby>大型<rt>おおがた</rt></ruby>コンピューターを<u><ruby>据<rt>す</rt></ruby>える</u>。 把大型電腦架設在辦公室裡。
	そえる	添える	<ruby>贈<rt>おく</rt></ruby>り<ruby>物<rt>もの</rt></ruby>に<ruby>手紙<rt>てがみ</rt></ruby>を<u><ruby>添<rt>そ</rt></ruby>える</u>。 禮物中附上信。
	そびえる	聳える	<ruby>富士山<rt>ふじさん</rt></ruby>が<ruby>目<rt>め</rt></ruby>の<ruby>前<rt>まえ</rt></ruby>に<u><ruby>聳<rt>そび</rt></ruby>えている</u>。 富士山聳立在眼前。

	日文發音	漢字表記	例句
タ行	たえる	耐える	このコップは<ruby>高温<rt>こうおん</rt></ruby>に<u><ruby>耐<rt>た</rt></ruby>える</u>。 這個杯子耐高溫。
	たえる	絶える	<ruby>水<rt>みず</rt></ruby>が<u><ruby>絶<rt>た</rt></ruby>える</u>。 停水。
	たくわえる	蓄える	<ruby>学費<rt>がくひ</rt></ruby>を<u><ruby>蓄<rt>たくわ</rt></ruby>える</u>。 存學費。
	とだえる	途絶える	<ruby>台風<rt>たいふう</rt></ruby>のために、<ruby>交通<rt>こうつう</rt></ruby>が<u><ruby>途絶<rt>とだ</rt></ruby>えた</u>。 由於颱風，交通中斷了。

| タ行 | ととのえる | 整える | ベッドを<ruby>整<rt>ととの</rt></ruby>える。
整理床鋪。 |
| | となえる | 唱える | <ruby>平和<rt>へいわ</rt></ruby>を<ruby>唱<rt>とな</rt></ruby>える。
提倡和平。 |

ナ行	日文發音	漢字表記	例句
	にえる	煮える	おでんが<ruby>煮<rt>に</rt></ruby>えた。 關東煮煮好了。

ハ行	日文發音	漢字表記	例句
	はえる	生える	<ruby>歯<rt>は</rt></ruby>が<ruby>生<rt>は</rt></ruby>える。 長牙。
	ひかえる	控える	タバコを<ruby>控<rt>ひか</rt></ruby>える。 少抽菸。
	ふえる	殖える	<ruby>貯金<rt>ちょきん</rt></ruby>が 200<ruby>万円<rt>にひゃくまんえん</rt></ruby>に<ruby>殖<rt>ふ</rt></ruby>える。 存款增為二百萬日圓。
	ふまえる	踏まえる	<ruby>現実<rt>げんじつ</rt></ruby>を<ruby>踏<rt>ふ</rt></ruby>まえて<ruby>方針<rt>ほうしん</rt></ruby>を<ruby>立<rt>た</rt></ruby>てる。 基於現實訂立方針。
	ほえる	吠える	<ruby>狼<rt>おおかみ</rt></ruby>が<ruby>月夜<rt>つきよ</rt></ruby>に<ruby>吠<rt>ほ</rt></ruby>える。 狼在月夜嚎叫。

マ行	日文發音	漢字表記	例句
	まじえる	交える	<ruby>日本語<rt>にほんご</rt></ruby>を<ruby>交<rt>まじ</rt></ruby>えながら<ruby>話<rt>はな</rt></ruby>す。 夾雜著日文說話。

2.2「～ける」 MP3-16))

	日文發音	漢字表記	例句
ア行	うちあける	打ち明ける	<ruby>秘<rt>ひ</rt></ruby><ruby>密<rt>みつ</rt></ruby>を<ruby>打<rt>う</rt></ruby>ち<ruby>明<rt>あ</rt></ruby>ける。 把祕密全都說出。

	日文發音	漢字表記	例句
カ行	かかげる	掲げる	<ruby>看<rt>かん</rt></ruby><ruby>板<rt>ばん</rt></ruby>を<ruby>掲<rt>かか</rt></ruby>げる。 懸掛看板。
	かける	駆ける	<ruby>馬<rt>うま</rt></ruby>で<ruby>草<rt>そう</rt></ruby><ruby>原<rt>げん</rt></ruby>を<ruby>駆<rt>か</rt></ruby>ける。 騎馬奔馳在草原上。
	かける	賭ける	<ruby>命<rt>いのち</rt></ruby>を<ruby>賭<rt>か</rt></ruby>ける。 賭上性命。
	かたむける	傾ける	<ruby>耳<rt>みみ</rt></ruby>を<ruby>傾<rt>かたむ</rt></ruby>ける。 傾聽。
	くだける	砕ける	コップが<ruby>粉<rt>こな</rt></ruby><ruby>々<rt>ごな</rt></ruby>に<ruby>砕<rt>くだ</rt></ruby>けた。 杯子粉碎。
	こげる	焦げる	パンが<ruby>焦<rt>こ</rt></ruby>げた。 麵包焦了。
	こころがける	心掛ける	<ruby>健<rt>けん</rt></ruby><ruby>康<rt>こう</rt></ruby>に<ruby>心<rt>こころ</rt></ruby><ruby>掛<rt>が</rt></ruby>ける。 留意健康。

	日文發音	漢字表記	例句
サ行	さける	裂ける	木の幹が裂けた。 樹幹裂開了。
	さける	避ける	人目を避けて会う。 避人耳目見面。
	ささげる	捧げる	花を捧げる。 獻花。
	さずける	授ける	学位を授ける。 授與學位。
	さまたげる	妨げる	吹雪が軍隊の前進を妨げた。 暴風雪阻礙了軍隊的前進。
	しあげる	仕上げる	仕事を仕上げた。 完成工作。
	しかける	仕掛ける	宿題を仕掛けたら、友達が来た。 才剛開始寫功課，朋友就來了。
	しつける	仕付ける	子供を仕付ける。 教養小孩。

	日文發音	漢字表記	例句
タ行	つける	漬ける	洗濯物を水に漬ける。 把要洗的衣服泡水裡。
	つげる	告げる	別れを告げる。 告別。
	てがける	手掛ける	長年手掛けてきた仕事が完成した。 多年來親手做的工作完成了。

	日文發音	漢字表記	例句
夕行	とける	解ける	<ruby>謎<rt>なぞ</rt></ruby>が<ruby>解<rt>と</rt></ruby>けた。 謎題解開了。
	とげる	遂げる	<ruby>目的<rt>もくてき</rt></ruby>を<ruby>遂<rt>と</rt></ruby>げる。 達到目的。
	とぼける	惚ける	<ruby>惚<rt>とぼ</rt></ruby>けないでよ！ 別裝傻呀！
	とろける	蕩ける	アイスが<ruby>蕩<rt>とろ</rt></ruby>けた。 冰塊融化了。

	日文發音	漢字表記	例句
ナ行	なまける	怠ける	<ruby>仕事<rt>しごと</rt></ruby>を<ruby>怠<rt>なま</rt></ruby>けるな。 工作不要偷懶！

	日文發音	漢字表記	例句
ハ行	はげる	剥げる	<ruby>汗<rt>あせ</rt></ruby>で<ruby>化粧<rt>けしょう</rt></ruby>が<ruby>剥<rt>は</rt></ruby>げた。 因汗水而脫妝。
	ばける	化ける	<ruby>彼<rt>かれ</rt></ruby>は<ruby>女性<rt>じょせい</rt></ruby>に<ruby>化<rt>ば</rt></ruby>けた。 他喬裝成女性。
	ふける	老ける	<ruby>運動<rt>うんどう</rt></ruby>しないと<ruby>早<rt>はや</rt></ruby>く<ruby>老<rt>ふ</rt></ruby>ける。 不運動會老得快。
	ぼける	暈ける	<ruby>写真<rt>しゃしん</rt></ruby>の<ruby>色<rt>いろ</rt></ruby>が<ruby>暈<rt>ぼ</rt></ruby>けた。 照片的顏色褪去了。
	ぼける	惚ける	<ruby>年<rt>とし</rt></ruby>とともに<ruby>惚<rt>ぼ</rt></ruby>けてきた。 隨著年紀慢慢糊塗起來了。

マ行	日文發音	漢字表記	例句
	もうける	設ける	事務所を設ける。 設置事務所。

ヤ行	日文發音	漢字表記	例句
	よける	除ける	車を除ける。 閃避車子。

2.3「～せる」 MP3-17))

ア行	日文發音	漢字表記	例句
	あせる	焦る	成功を焦る。 急於成功。
	おくらせる	遅らせる	テストを2時間遅らせる。 將考試延後二小時。

タ行	日文發音	漢字表記	例句
	といあわせる	問い合わせる	市場の相場を問い合わせる。 打聽市場行情。

ナ行	日文發音	漢字表記	例句
	ねかせる	寝かせる	ワインを寝かせる。 讓葡萄酒熟成。
	のせる	載せる	お茶をお盆に載せる。 把茶放托盤上。

八行	日文發音	漢字表記	例句
	ふるわせる	震わせる	怒りに声を震わせる。 氣到聲音發抖。

マ行	日文發音	漢字表記	例句
	みあわせる	見合わせる	彼らは顔を見合わせて笑った。 他們相視而笑。

2.4「〜てる」 MP3-18))

ア行	日文發音	漢字表記	例句
	あてる	宛てる	父に宛てて手紙を書く。 寫信給父親。
	あわてる	慌てる	いきなり名前を呼ばれて慌てた。 突然被叫到名字而慌張。
	おだてる	煽てる	客を煽てる。 奉承客人。

ナ行	日文發音	漢字表記	例句
	なでる	撫でる	犬の頭を撫でる。 摸摸小狗的頭。

八行	日文發音	漢字表記	例句
	はてる	果てる	いつ果てるともなく続く会議。 永遠結束不了的會議。

	日文發音	漢字表記	例句
ハ行	ばてる	－	徹夜してすっかりばてた。 徹夜未眠累垮了。
	へだてる	隔てる	親子は 10 年の歳月を隔てて再会した。 父子相隔十年重逢了。

	日文發音	漢字表記	例句
マ行	もてる	持てる	彼女はとても持てる。 她非常受歡迎。

	日文發音	漢字表記	例句
ヤ行	ゆでる	茹でる	野菜を茹でる。 川燙青菜。

2.5「～ねる」 MP3-19))

	日文發音	漢字表記	例句
カ行	かねる	兼ねる	この部屋は居間と食堂を兼ねている。 這間房間客廳和餐廳兼用。

	日文發音	漢字表記	例句
タ行	たずねる	尋ねる	通りがかりの人に道を尋ねた。 向行人問路。
	たばねる	束ねる	シュシュで髪を束ねる。 用髮圈綁頭髮。

八行	日文發音	漢字表記	例句
	はねる	跳ねる	<ruby>池<rt>いけ</rt></ruby>の<ruby>鯉<rt>こい</rt></ruby>が<ruby>跳<rt>は</rt></ruby>ねている。 池子的鯉魚在跳。

2.6「～へる」 MP3-20))

八行	日文發音	漢字表記	例句
	へる	経る	3<ruby>年<rt>ねん</rt></ruby>を<ruby>経<rt>へ</rt></ruby>た。 過了三年。

2.7「～める」 MP3-21))

ア行	日文發音	漢字表記	例句
	いためる	炒める	<ruby>野菜<rt>やさい</rt></ruby>を<ruby>炒<rt>いた</rt></ruby>める。 炒青菜。
	うめる	埋める	ごみを<ruby>地中<rt>ちちゅう</rt></ruby>に<ruby>埋<rt>う</rt></ruby>める。 把垃圾埋在地底下。
	おさめる	納める	<ruby>管理費<rt>かんりひ</rt></ruby>を<ruby>納<rt>おさ</rt></ruby>める。 繳交管理費。
	おさめる	治める	<ruby>心<rt>こころ</rt></ruby>を<ruby>治<rt>おさ</rt></ruby>める。 定下心來。

	日文發音	漢字表記	例句
力行	かためる	固める	決意を固める。 鞏固決心。
	こめる	込める	感情を込めて曲を作る。 注入感情來作曲。

	日文發音	漢字表記	例句
サ行	さだめる	定める	心を定める。 打定主意。
	しずめる	沈める	体を沈める。 低身。
	しめる	締める	ドライバーでねじを締める。 用螺絲起子栓緊螺絲。
	すすめる	勧める	係員はお客に入会するように勧める。 員工勸誘顧客入會。
	せめる	攻める	敵の城を攻める。 進攻敵人的城堡。
	そめる	染める	髪を染める。 染髮。

	日文發音	漢字表記	例句
夕行	ちぢめる	縮める	日程を縮める。 縮短行程。
	とがめる	咎める	良心が咎める。 良心受到譴責。

夕行	とどめる	止める	血を<u>止める</u>。 止血。
	とめる	止める	車を<u>止める</u>。 停車。

	日文發音	漢字表記	例句
ナ行	なぐさめる	慰める	失意の友を<u>慰める</u>。 安慰失意的朋友。

	日文發音	漢字表記	例句
八行	ふかめる	深める	考えを<u>深める</u>。 深思。
	ほめる	褒める	子供を<u>褒める</u>。 稱讚小孩。

	日文發音	漢字表記	例句
マ行	まるめる	丸める	体を<u>丸める</u>。 蜷曲著身子。
	みとめる	認める	息子の留学を<u>認めた</u>。 允許兒子去留學了。
	めざめる	目覚める	朝6時に<u>目覚めた</u>。 早上六點醒了。
	もめる	揉める	さっきの会議は<u>揉めた</u>。 剛剛的會議起了爭執。

	日文發音	漢字表記	例句
ヤ行	やめる	辞める	仕事を辞める。 辭職。
	ゆるめる	緩める	ネクタイを緩める。 放鬆領帶。

2.8「～れる」 MP3-22

	日文發音	漢字表記	例句
ア行	あきれる	飽きれる	今時の若者には飽きれる。 受夠了時下的年輕人。
	あこがれる	憧れる	都会の生活に憧れる。 嚮往城市生活。
	ありふれる	有触れる	ありふれたゲームで面白くない。 常見的遊戲沒什麼有趣的。
	おとしいれる	陥れる	彼女は私を苦境に陥れた。 她讓我陷入苦境。
	おとずれる	訪れる	友達を訪れる。 拜訪朋友。

	日文發音	漢字表記	例句
カ行	かくれる	隠れる	木の陰に隠れる。 躲在樹蔭下。
	くずれる	崩れる	山が崩れる。 山崩。

カ行	こじれる	拗れる	事が拗れてきた。 事情複雜起來。
	こわれる	壊れる	椅子が壊れた。 椅子壞了。

	日文發音	漢字表記	例句
サ行	しいれる	仕入れる	材料を仕入れる。 採購材料。
	すたれる	廃れる	そんなヘアスタイルはもう廃れた。 那種髮型已經過時了。
	すれる	擦れる	靴の底が擦れてきた。 鞋底磨損了。
	それる	逸れる	弾が逸れた。 子彈射偏了。

	日文發音	漢字表記	例句
タ行	たれる	垂れる	汗が頬を伝って垂れる。 汗水沿著臉頰滴下。
	ちぢれる	縮れる	彼女は縮れた髪をしている。 她留著捲髮。
	とぎれる	途切れる	携帯電話は電波のせいで途切れた。 手機因為收訊不好而斷訊了。

	日文發音	漢字表記	例句
ナ行	ぬれる	濡れる	シャツが汗で濡れている。 襯衫因汗溼了。
	ねじれる	捩れる	心が捩れる。 性格乖僻。
	のがれる	逃れる	都会を逃れて田舎に住む。 逃離城市住到鄉下。

	日文發音	漢字表記	例句
ハ行	はなれる	離れる	親元を離れる。 離開父母身邊。
	はれる	腫れる	瞼が腫れる。 眼皮腫。
	ふくれる	膨れる	腹が膨れる。 肚子脹大。

	日文發音	漢字表記	例句
マ行	まぎれる	紛れる	闇に紛れて逃げた。 趁黑暗逃跑了。
	まぬがれる	免れる	戦火を免れる。 免於戰火。
	みだれる	乱れる	前髪が乱れる。 瀏海亂。
	もれる	漏れる	タンクから油が漏れた。 油從油箱漏了出來。

三　イ形容詞 MP3-23))

　　「イ形容詞」與「訓讀名詞」、「和語動詞」一樣，發音和漢字的字音無關，所以對華人地區的考生來說，是相當頭疼的部份。本單元同樣以音節數、五十音順序，整理了新日檢N1範圍內的「イ形容詞」。只要瞭解字義並跟著MP3音檔複誦，一定可以在極短的時間內全部記住。

（一）三音節イ形容詞

日文發音	漢字表記	中文翻譯	日文發音	漢字表記	中文翻譯
あらい	荒い	兇猛、粗暴的	あわい	淡い	淡的
おしい	惜しい	可惜、遺憾的	くさい	臭い	臭的
しぶい	渋い	澀的	すごい	凄い	驚人、厲害的
だるい	－	懶倦的	もろい	脆い	脆弱的
ゆるい	緩い	鬆、緩慢的			

（二）四音節イ形容詞

日文發音	漢字表記	中文翻譯	日文發音	漢字表記	中文翻譯
あやしい	怪しい	可疑的	あくどい	－	惡毒的
いやしい	卑しい	卑鄙的	うれしい	嬉しい	高興的

きびしい	厳しい	嚴厲的	くやしい	悔しい	懊惱、氣憤的
くわしい	詳しい	詳細的	けむたい	煙たい	嗆人的
さびしい	寂しい	寂寞的	しぶとい	－	倔強的
すばやい	素早い	敏捷的	せつない	切ない	難過的
たやすい	容易い	容易的	とうとい	貴い	高貴的
とうとい	尊い	尊貴的	とぼしい	乏しい	貧乏的
なだかい	名高い	著名的	ねむたい	眠たい	發睏的
はかない	－	渺茫的	はげしい	激しい	激烈的
ひさしい	久しい	好久	ひらたい	平たい	平坦的
みにくい	醜い	醜陋的	むなしい	空しい	空虛、虛假的

（三）五音節イ形容詞

日文發音	漢字表記	中文翻譯
あさましい	浅ましい	卑鄙的
あっけない	－	不盡興的
あらっぽい	荒っぽい	粗野的
いやらしい	嫌らしい	下流、令人不快的
おっかない	－	可怕的
かなわない	叶わない	受不了的
こころよい	快い	愉快的
このましい	好ましい	令人喜歡的
すばしこい	－	行動敏捷的

すばらしい	素晴らしい	非常棒的
そっけない	－	冷淡的
たくましい	逞しい	健壯的
だらしない	－	邋遢、沒出息的
なさけない	情ない	可憐、無情的
なつかしい	懐かしい	懷念的
なにげない	何気ない	若無其事的
なまぐさい	生臭い	腥的
なまぬるい	生ぬるい	微溫、不徹底的
なやましい	悩ましい	難受、誘惑人的
のぞましい	望ましい	所希望的
ふさわしい	相応しい	適合的
みぐるしい	見苦しい	骯髒、丟臉的
めざましい	目覚しい	驚人的
よくぶかい	欲深い	貪得無饜的
ややこしい	－	複雜的

（四）六音節イ形容詞

日文發音	漢字表記	中文翻譯
いちじるしい	著しい	顯著的
うっとうしい	鬱陶しい	鬱悶的
おびただしい	夥しい	很多的
きまりわるい	決まり悪い	不好意思、尷尬的

くすぐったい	ー	難為情、癢癢的
けがらわしい	汚らわしい	骯髒的
こころづよい	心強い	有信心的
こころぼそい	心細い	不安、擔心的
すがすがしい	清々しい	清爽的
そうぞうしい	騒々しい	嘈雜的
なれなれしい	馴れ馴れしい	親暱的
ばかばかしい	馬鹿馬鹿しい	很愚笨的
はなはだしい	甚だしい	非常的
はなばなしい	華々しい	華麗的
まぎらわしい	紛らわしい	含糊不清的
まちどおしい	待ち遠しい	盼望已久的
みすぼらしい	ー	寒酸的
みっともない	ー	丟人的
ものたりない	物足りない	不夠的
わかわかしい	若々しい	朝氣蓬勃的
わずらわしい	煩わしい	煩躁的

四 ナ形容詞

　　新日檢N1的重點在漢語，而ナ形容詞使用漢語的頻率僅次於名詞。因此準備考試時，絕不可輕忽ナ形容詞的準備。建議考生將「訓讀ナ形容詞」的準備重點放在字義上，「音讀ナ形容詞」的重點則放在漢字發音。如此一來，無論出題形式為何，都可輕鬆掌握。

（一）訓讀ナ形容詞 MP3-24))

1. 雙音節ナ形容詞（訓讀）

日文發音	漢字表記	中文翻譯	日文發音	漢字表記	中文翻譯
いき	粋	漂亮、瀟灑	ひま	暇	有空
まれ	稀	稀有			

2. 三音節ナ形容詞（訓讀）

日文發音	漢字表記	中文翻譯	日文發音	漢字表記	中文翻譯
おろか	愚か	愚笨	かすか	微か	微弱
きがる	気軽	輕鬆	さかん	盛ん	繁榮
たくみ	巧み	巧妙	つぶら	円ら	圓圓
てがる	手軽	簡便	のどか	長閑	悠閒
はるか	遥か	遙遠	はんぱ	半端	不完全
ひそか	密か	暗中	みぢか	身近	親近、身邊
むくち	無口	寡言	わずか	僅か	一點點

3.四音節ナ形容詞（訓讀）

日文發音	漢字表記	中文翻譯	日文發音	漢字表記	中文翻譯
あざやか	鮮やか	鮮豔	あやふや	－	曖昧、含糊
おおげさ	大袈裟	誇大	おおはば	大幅	大幅度
おおまか	大まか	不拘小節	おごそか	厳か	嚴肅
おだやか	穏やか	穩健	おろそか	疎か	馬虎、粗心大意
きまじめ	生真面目	一本正經、死心眼	きよらか	清らか	清澈
こまやか	細やか	細小	さわやか	爽やか	清爽
しとやか	淑やか	文雅	しなやか	－	柔軟
すこやか	健やか	健康	すみやか	速やか	迅速
つきなみ	月並み	陳腐	なごやか	和やか	和睦
なめらか	滑らか	光滑	にぎやか	賑やか	熱鬧
はなやか	華やか	美麗	もっとも	尤も	正確、理所當然
ものずき	物好き	好奇、古怪	ゆるやか	緩やか	緩慢

4.五音節ナ形容詞（訓讀）

日文發音	漢字表記	中文翻譯
きちょうめん	几帳面	一絲不苟
きらびやか	煌びやか	燦爛

（二）音讀ナ形容詞

1. 雙音節ナ形容詞（音讀）

日文發音	漢字表記	中文翻譯	日文發音	漢字表記	中文翻譯
じみ	地味	樸素	みょう	妙	奇怪
むい	無為	任其自然	むだ	無駄	白費

2. 三音節ナ形容詞（音讀）

日文發音	漢字表記	中文翻譯	日文發音	漢字表記	中文翻譯
あんい	安易	簡單	おんわ	温和	溫和
かくほ	確保	確保	かんい	簡易	簡易
かんそ	簡素	簡單樸素	こどく	孤独	孤獨
じざい	自在	自由自在	しっそ	質素	樸素
そぼく	素朴	樸素	どくじ	独自	獨自、獨特
ひさん	悲惨	悲慘	ふきつ	不吉	不吉利
ふしん	不審	懷疑	ふとう	不当	不當
ふめい	不明	不明	むえき	無益	無益
むこう	無効	無效	ゆうり	有利	有利
ようい	容易	容易			

3. 四音節ナ形容詞（音讀）

日文發音	漢字表記	中文翻譯	日文發音	漢字表記	中文翻譯
あんせい	安静	安靜	あんぜん	安全	安全
えんまん	円満	圓滿	かくじつ	確実	確實
きんべん	勤勉	勤勉	けんぜん	健全	健全
こっけい	滑稽	滑稽	じゅうなん	柔軟	柔軟
じゅんすい	純粋	純粹	じんそく	迅速	迅速
ざんこく	残酷	殘酷	せいかく	正確	正確
せいじつ	誠実	誠實	ちゅうじつ	忠実	忠實
てきかく	的確	恰當	とくゆう	特有	特有
びんかん	敏感	敏感	ひんぱん	頻繁	頻繁
めいかい	明快	清楚	めいかく	明確	明確
めいはく	明白	明顯	めいろう	明朗	明朗
ゆううつ	憂鬱	憂鬱	ゆうえき	有益	有益
ゆうこう	有効	有效	ゆうぼう	有望	有希望
ようじん	用心	注意	れいこく	冷酷	冷酷
れいせい	冷静	冷靜	れいたん	冷淡	冷淡

4.五音節ナ形容詞（音讀）

日文發音	漢字表記	中文翻譯
いりょくてき	意力的	意志力
かっきてき	画期的	劃時代的
しゅうきてき	周期的	週期性的
ていきてき	定期的	定期的
ひこうかい	非公開	非公開
ふびょうどう	不平等	不平等
まっきてき	末期的	末期的
みかいはつ	未開発	未開發
むけいかく	無計画	無計劃

5.六音節ナ形容詞（音讀）

日文發音	漢字表記	中文翻譯
かんせつてき	間接的	間接的
けんりょくてき	権力的	權力的
せいりょくてき	精力的	精力充沛的
でんとうてき	伝統的	傳統的
のうりょくてき	能力的	能力的
へいきんてき	平均的	平均的
らっかんてき	楽観的	樂觀的

五　副詞　MP3-25))

　　新日檢N1範圍內的副詞非常多，而且出題數不少，建議考生一定要多花一些時間來準備副詞。本章根據過去的出題模式，整理了出題頻率最高、且容易混淆的副詞，讓讀者能在最短的時間內，進行最精華的複習。

（一）「～て」型

日文	中譯	日文	中譯	日文	中譯
あえて	特意、絕不	いたって	非常地	かつて	曾經
かねて	事先、老早	かろうじて	好不容易、勉勉強強	しいて	強迫
つとめて	盡力	まして	何況、況且	もしかして	該不會

（二）「～っと」型

日文	中譯	日文	中譯	日文	中譯
きちっと	好好地	ぐっと	用力地	さっと	迅速地
ずらっと	一整排	ちらっと	一晃、稍微	ひょっと	突然、或許
ほっと	鬆了一口氣				

（三）「～に」型

日文	中譯	日文	中譯	日文	中譯
いかに	如何、怎樣	いっこうに	簡直、完全	いっしんに	專心
いやに	過於、非常	ことに	尤其、特別	じょじょに	慢慢地
すでに	已經	とっさに	一瞬間	まことに	的確、實在
むやみに	胡亂、過份	もろに	徹底、全面	やけに	過於、非常

（四）「～り」型

日文	中譯	日文	中譯	日文	中譯
あっさり	清淡、爽快	うっかり	不留神	うんざり	厭煩、膩
がっくり	沮喪	がっしり	健壯、結實	がっちり	穩固、固執
きっかり	明顯、分明	きっちり	恰好	きっぱり	乾脆
くっきり	清清楚楚、顯眼	ぐっすり	熟睡	ぐったり	精疲力竭
げっそり	消瘦、厭膩	こっそり	悄悄地	しっかり	穩固、好好地
じっくり	沉著、慢慢地	すっかり	完全、全部	すっきり	舒暢、暢快
ずばり	喀嚓一聲、開門見山	すんなり	苗條、輕易地	たっぷり	分量足夠
てっきり	一定、準是	びっしょり	溼透	まるっきり	完全（不）

（五）「ABAB」型

日文	中譯	日文	中譯	日文	中譯
いやいや	不情願	おどおど	戰戰兢兢	ずるずる	拖拖拉拉、滑溜
ちやほや	奉承、溺愛	つくづく	細心、深切地	はらはら	很擔心、落下
ひらひら	隨風飄動	ぶかぶか	（衣服等）太寬大	ふらふら	頭昏、猶豫
ぶらぶら	閒晃、溜達	ぺこぺこ	餓扁了、屈膝奉承	ぼつぼつ	一點一點、漸漸地
まちまち	各式各樣、形形色色	むちゃくちゃ	亂七八糟	ゆうゆう	悠閒、從容

（六）其他

1. 雙音節副詞

日文	中譯	日文	中譯	日文	中譯
いざ	一旦	さぞ	想必	さも	的確、實在的樣子

2.三音節副詞

日文	中譯	日文	中譯	日文	中譯
いっそ	倒不如、寧可	いまだ	迄今	てんで	根本（不）
とかく	這個那個	なんと	如何、多麼	むろん	當然、不用說
もはや	已經				

3.四音節副詞

日文	中譯	日文	中譯	日文	中譯
あいにく	不巧	いかにも	實在、非常	いったい	究竟、到底
いまさら	事到如今	しょっちゅう	經常	たちまち	一會兒
どうにか	好歹、設法	どうやら	好不容易、總覺得	とりわけ	格外
なおさら	更	なにとぞ	請	なにより	最好
なるたけ	盡量	なんだか	總覺得	はなはだ	非常、很
ひたすら	一味	まさしく	的確、誠然	もっぱら	專心、全都

4. 五音節副詞

日文	中譯	日文	中譯
あらかじめ	事先	あんのじょう	果然、不出所料
うまれつき	生來、天生	ことごとく	一切、所有
とりあえず	首先		

5. 六音節副詞

日文	中譯	日文	中譯
かわるがわる	輪流、依序	ことによると	也許、說不定

六　外來語 MP3-26))

　　「言語知識」一科的「文字・語彙」考題中，外來語最多出現2～3題。有些讀者也許覺得，既然只有幾題而已，就不認真準備。但是，N1考試裡，最容易拿分的就是外來語，如果連外來語都記不起來，其他單字怎麼可能會呢？而且外來語多與常用的英文單字有關，只要跟著MP3音檔多朗誦幾次，一定沒問題！此外，閱讀測驗單元中，常常會出現外來語的關鍵字，如果該外來語不懂，整篇文章可是會完全看不懂喔！

（一）雙音節外來語

日文	中譯
ファン	影迷、歌迷、球迷

（二）三音節外來語

日文	中譯	日文	中譯	日文	中譯
アップ	上升	カット	剪裁	カルテ	病例
キャッチ	抓	ケース	例子	ゲスト	來賓
サイズ	尺寸	シート	座位	ジャンル	種類
ショック	驚嚇	センス	（應具備的）常識、判斷力	ソース	醬汁、調味醬
ソフト	軟體	ダウン	下降	ダブル	雙倍

データ	數據	ドリル	鑽頭、練習評量	パート	部份、角色、打零工的人
ヒント	提示	ファイト	戰鬥	ファイル	檔案
ブーム	風潮	ペース	步調	ベスト	背心
ポット	水壺	マーク	記號	ムード	心情、氣氛
メディア	媒體	ライス	飯	ラベル	標籤
リード	領導	ルール	規則	レース	蕾絲、競賽
レベル	水準	ワット	瓦特		

（三）四音節外來語

日文	中譯	日文	中譯	日文	中譯
インフレ	通貨膨漲	オーバー	超過	オープン	開幕
コーナー	角落	コメント	評論	コンパス	圓規、羅盤
サイクル	週期	システム	系統	スタイル	型式、身材
スタミナ	耐力	ストップ	停止	ストレス	壓力
スペース	空間	スマート	苗條	ソックス	短襪
タイトル	標題	タレント	藝人	チェンジ	改變
デザート	甜點	デザイン	設計	デッサン	素描
トラブル	麻煩	ニュアンス	語感	ウイルス	病毒
ビジネス	商業	フロント	櫃台	ベテラン	老手
ポイント	重點	ポジション	位置、職位	マスコミ	大眾傳播
メーカー	製造商	メロディー	旋律	ユーモア	幽默
ユニーク	獨特的	レギュラー	正規的	レッスン	課程

（四）五音節外來語

日文	中譯	日文	中譯
アンケート	問卷	エレガント	優美、精緻
カーペット	地毯	コマーシャル	電視廣告
コンタクト	隱型眼鏡	コンテスト	比賽
スラックス	女西服褲	タイミング	時機
テレックス	電報	ナンセンス	無聊、荒謬
ボイコット	聯合抵制	メッセージ	訊息

（五）六音節外來語

日文	中譯	日文	中譯
コントロール	控制	コントラスト	對比
トレーニング	訓練、鍛鍊		

（六）七音節外來語

日文	中譯	日文	中譯
インフォメーション	資訊	オートマチック	自動的
オートメーション	自動化	コミュニケーション	溝通
レクリエーション	娛樂、消遣		

七　接續詞 MP3-27))

　　接續詞置於二個句子中間，功能是表示二個句子的關係。考接續詞的題目，要先從前後兩句的句義來判斷要選擇哪個接續詞。此外，也因為接續詞用來表示前後二句的關係，所以如果了解接續詞自身的功能，就算原本只了解句義的50%，此時也可以藉由中間的接續詞來推測大致上的意思，通常可以幫助你對句子的了解從50%提升到70%。由此可見接續詞的重要，就請好好記熟吧！

功能	中文表達	接續詞
並列	然後	そして、それから、且つ、並びに
選擇	或者	または、あるいは、それとも（僅用於問句）
順接	因為～所以～	それで、だから（ですから）、従って、故に、それ故
逆接	雖然～但是～ 儘管～還是～	でも、それでも、だが、だけど（ですけど）、けれど、けれども、しかし、それなのに
逆轉	結果卻	ところが
發現	於是就、這麼說	すると
契機	於是、所以	そこで
添加	而且	その上、しかも、それに、また
提醒	但是	ただし
補充	不過	なお、もっとも
換言	也就是	つまり、すなわち、要するに
轉換話題	對了、那麼	ところで、さて
結尾	就這樣	こうして、このようにして

新日檢N1言語知識（文字・語彙・文法）全攻略

第二單元

文字・語彙（下）
——音讀漢字篇

第二單元「文字・語彙（下）——音讀漢字篇」分成二部份，幫助讀者平日背誦以及考前總複習。

第一部份為「漢詞字義」，依照國人學習習慣，將漢詞整理為（一）似懂非懂的漢詞，以及（二）一定不懂的漢詞，讓考生事半功倍，迅速掌握這些語彙的意義和發音。

第二部份為「音讀漢語」，用整理和比較方式，讓考生分辨「同字不同發音」、「同音不同意義」之漢語，讓考試輕鬆過關。

一 漢詞字義

漢字的考試可分二大類，一類考發音、一類考詞意。考生準備時，總以為漢詞就等於中文，所以幾乎都把重點放在發音上。但卻忽略了有許多漢詞的意思，和中文不一樣（例如「深刻<ruby>しんこく</ruby>」→「嚴重」）、甚至是相反的（例如「留守<ruby>るす</ruby>」→「不在」），以及有許多漢詞是中文裡沒有的（例如「退屈<ruby>たいくつ</ruby>」、「大切<ruby>たいせつ</ruby>」等）。因此，建議各位讀者，在漢字的準備上，一定不要漏過這一環。

教學時，我常半開玩笑的跟同學說，動詞可以分三類，但漢詞卻可分四類，第一類「一看就懂」、第二類「大致上懂」、第三類「似懂非懂」、第四類「一定不懂」。所謂的「一看就懂」的漢詞，指的是此漢詞的意義中日相同，也就是中日共用的漢詞（例如「意義<ruby>いぎ</ruby>」＝「意義」、「地球<ruby>ちきゅう</ruby>」＝「地球」）。而「大致上懂」的漢詞，指的是此漢詞雖然現代中文裡沒有，但身為華人，大致可以了解它的意思（例如「学科<ruby>がっか</ruby>」→「科系」）。

「似懂非懂」的漢詞，指的就是該漢詞雖然中日共用，但中文的意思和日文的意思並不一樣，所以看似了解，但其實不懂，上述的「深刻<ruby>しんこく</ruby>」、「留守<ruby>るす</ruby>」即為其例，而這自然就是學習者要掌握的重點之一。最後，「一定不懂」的漢詞，指的就是現在中文裡不存在、或是極不常使用的漢詞。就像上面提到的「退屈<ruby>たいくつ</ruby>」、「大切<ruby>たいせつ</ruby>」，既然中文裡沒有，當然就無法判別它的意思，所以是學習時的另一個重點。

本單元網羅了新日檢N1範圍裡「似懂非懂的漢詞」（中日異義漢詞）以及「一定不懂的漢詞」（中文沒有的漢詞），相信一定能給學習者最大的幫助。此外，有些詞彙在古漢語裡其實是存在的，例如唐朝時「演員」即稱為「俳優」。但若非中文系所的學生，並不了解。因此是否為中日共有的漢詞，時間上是以現代中文來界定。而本書讀者以台灣地區為主，所以地域性上，則是以台灣地區的國語為主，因此港澳、大陸地區的讀者也請留意。

（一）似懂非懂的漢詞 MP3-28 🔊

	漢語	中譯	漢語	中譯	漢語	中譯
ア行	あん 案	想法、意見	あんき 暗記	記住、 背下來	あんざん 暗算	心算
	いらい 依頼	委託	うんてん 運転	駕駛	えんぎ 演技	演技、表演

	漢語	中譯	漢語	中譯	漢語	中譯
カ行	がいとう 該当	符合	かくご 覚悟	有心裡準備	かげん 加減	斟酌、程度
	かじゅう 果汁	果汁、 水果原汁	かんげん 還元	回饋、還原	かんじん 肝腎	關鍵
	かんびょう 看病	照顧病人	かんゆう 勧誘	邀約	きじ 記事	報導
	きしゃ 汽車	火車	きゃくしょく 脚色	改編劇本	きょうよう 教養	素養、涵養
	きんにく 筋肉	肌肉	ぐち 愚痴	抱怨	けんか 喧嘩	吵架、打架
	げんじゅう 厳重	嚴厲、嚴格	けんしょう 懸賞	獎賞	こうぎ 講義	課程
	こうそく 拘束	拘禁、束縛	こうたい 交代	輪流、替換	こうふく 降伏	投降

	漢語	中譯	漢語	中譯	漢語	中譯
サ行	じゃぐち 蛇口	水龍頭	じゃま 邪魔	妨礙、打擾	しゅみ 趣味	興趣、嗜好
	しゅうし 修士	碩士	じゅんさ 巡査	警察、巡佐	じょし 女史	女士
	じょうたつ 上達	進步	しんけん 真剣	認真	しんこく 深刻	嚴重
	しんじゅう 心中	自殺、殉情	ぜひ 是非	務必	ぜん 膳	飯菜的托 盤、飯菜

	漢語	中譯	漢語	中譯	漢語	中譯
タ・ハ行	大家 （たいか）	大房子、權威	脱線 （だっせん）	出軌、離題	調子 （ちょうし）	狀況
	頂上 （ちょうじょう）	山頂、頂點	脱出 （だっしゅつ）	逃出	定年 （ていねん）	退休的年齡
	天井 （てんじょう）	天花板	鉢 （はち）	花盆	繁盛 （はんじょう）	生意興隆
	塀 （へい）	圍牆	保養 （ほよう）	休養	盆 （ぼん）	盤子、托盤

	漢語	中譯	漢語	中譯	漢語	中譯
マ・ヤ・ラ行	無理 （むり）	勉強、不可能	無論 （むろん）	當然	迷惑 （めいわく）	困擾
	模様 （もよう）	花紋、樣子	勿論 （もちろん）	當然	養護 （ようご）	保育、撫育
	理屈 （りくつ）	道理、藉口	連合 （れんごう）	聯合		

（二）一定不懂的漢詞 MP3-29))

	漢語	中譯	漢語	中譯	漢語	中譯
ア行	挨拶 （あいさつ）	寒暄、問候	案外 （あんがい）	出乎意料	案内 （あんない）	帶路、招待
	陰気 （いんき）	陰暗、憂鬱	運賃 （うんちん）	運費、車資	縁談 （えんだん）	說媒、提親

	漢語	中譯	漢語	中譯	漢語	中譯
カ行	かいさい 開催	舉行	かいさつ 改札	剪票	かいほう 介抱	護理、照顧
	かくさ 格差	差別、差距	かくべつ 格別	格外、例外	かしょ 箇所	地方
	がまん 我慢	忍耐	かんこう 慣行	慣例、常規	かんじょう 勘定	結帳
	かんじん 肝心	關鍵	かんべん 勘弁	原諒	かんよう 肝要	重要
	かんれき 還暦	六十歲	がんじょう 頑丈	堅固、結實	きげん 機嫌	心情
	きせい 帰省	返鄉	きふ 寄付	捐獻	きゅうくつ 窮屈	窄小、拘束
	きゅうりょう 給料	薪水	きよう 器用	靈巧、聰明	ぎょうぎ 行儀	舉止、禮節
	きょうしゅく 恐縮	惶恐、 對不起	けいこ 稽古	練習	げた 下駄	木屐
	げっぷ 月賦	按月付款	けはい 気配	跡象、神情	けんとう 見当	頭緒、目標
	こうか 硬貨	硬幣	こんき 根気	耐性、毅力	こんじょう 根性	氣質、骨氣

	漢語	中譯	漢語	中譯	漢語	中譯
サ行	さいく 細工	手工藝品	さいふ 財布	錢包	さんか 酸化	氧化
	さんそ 酸素	氧氣	しかい 司会	司儀、 主持人	しよう 仕様	規格
	じまん 自慢	自豪	じゅうげき 銃撃	槍擊	じゅうたい 渋滞	塞車、停滯
	じゅうたい 重体	（垂危的） 重傷、重病	じゅくご 熟語	漢詞、 慣用語	じょうだん 冗談	玩笑話
	すいそ 水素	氫	すんぽう 寸法	尺寸	ぜせい 是正	改正、導正
	せっとく 説得	說服	せんちゃく 先着	先到	そうい 相違	差異
	そうおん 騒音	噪音	そくざ 即座	立刻、當場	そまつ 粗末	粗糙、怠慢

	漢語	中譯	漢語	中譯	漢語	中譯
タ・ナ行	たいくつ 退屈	無聊、厭倦	たいざい 滞在	停留	たいじ 退治	征服、消滅
	たいぼう 待望	盼望	ださく 駄作	拙劣的作品	だったい 脱退	退出
	だぼく 打撲	跌打損傷	だんな 旦那	主人、丈夫	ちんぎん 賃金	工資
	つごう 都合	狀況	つうちょう 通帳	帳本、存摺	ていねい 丁寧	有禮貌、謹慎
	てんけん 点検	檢查	てんらく 転落	摔落、墮落	どう 胴	身體
	とうき 騰貴	漲價	なっとく 納得	理解、接受	にょうぼう 女房	妻子、婦女

	漢語	中譯	漢語	中譯	漢語	中譯
ハ行	はいふ 配布	分發	はいゆう 俳優	演員	はいりょ 配慮	關照
	はんぱつ 反発	排斥、抗拒	はんらん 反乱	叛亂	ひなん 非難	責備
	ふだん 普段	平時	ふくめん 覆面	蒙面	ぶっそう 物騒	動盪不安、危險
	ふろ 風呂	澡盆	ぶひん 部品	零件	ふんしつ 紛失	遺失
	べっそう 別荘	別墅	へんさい 返済	還債、還東西	ほうがく 方角	方位、方向
	ほうさく 方策	計策	ほうし 奉仕	服務、廉價賣	ぼうとう 冒頭	開頭、開始
	ほそう 舗装	鋪路	ほんき 本気	認真、正經	ほんたい 本体	真相、（機器等的）主體

	漢語	中譯	漢語	中譯	漢語	中譯
マ・ヤ行	無口 むくち	不愛說話	無駄 むだ	白費、浪費	無断 むだん	擅自
	無念 むねん	什麼也不 想、遺憾	無料 むりょう	免費	名刺 めいし	名片
	免許 めんきょ	執照	家賃 やちん	房租	役員 やくいん	幹部人員
	用事 ようじ	事情、工作	要請 ようせい	請求	要望 ようぼう	要求、希望

	漢語	中譯	漢語	中譯	漢語	中譯
ラ・ワ行	両替 りょうがえ	兌幣	料金 りょうきん	費用	良識 りょうしき	明智
	了承 りょうしょう	明白、同意	冷房 れいぼう	冷氣	連中 れんちゅう	夥伴、 一夥人
	廊下 ろうか	走廊	惑星 わくせい	行星		

二 音讀漢語

　　音讀的漢語，是華人地區的考生較佔優勢的部份。不過還是要小心分辨清濁音、長短音、促音的有無、長音的有無。此外，某些漢字的發音不只一種，例如「作_{さくしゃ}者」、「作_{さっか}家」、「作_{さぎょう}業」三個詞中「作」的發音各不相同，而「食_{しょくもつ}物」、「植_{しょくぶつ}物」兩詞的「物」的發音更是有更大的差異，這都是要注意的地方。準備時請跟著MP3音檔複誦，請記住，只要可以唸得正確，考試時就一定能選出正確答案。此外，單字表中有「＿＿」的部份為同音字，也請小心！

（一）漢字一字 MP3-30))

ア行	あ	案_{あん}

カ行	か	核_{かく}
	き	吉_{きち}

サ行	し	軸_{じく}　銃_{じゅう}　芯_{しん}
	せ	<u>禅_{ぜん}　善_{ぜん}　膳_{ぜん}</u>

タ行	ち	蝶_{ちょう}
	と	棟_{とう}　胴_{どう}

ハ行	は	肺 はい 鉢 はち 班 はん	
	へ	塀 へい	
	ほ	僕 ぼく 盆 ぼん	

マ行	ま	脈 みゃく

ヤ行	や	訳 やく

ラ行	ら	欄 らん

（二）二字漢詞

1. ア行 MP3-31)))

あ	あい	挨拶 あいさつ
	あく	握手 あくしゅ 悪魔 あくま
	あつ	圧力 あつりょく
	あつ	圧縮 あっしゅく 圧迫 あっぱく
	あん	案外 あんがい 暗記 あんき 暗算 あんざん 安定 あんてい 案内 あんない

い	**い**	医院 _{いいん}	委員 _{いいん}	意外 _{いがい}	意義 _{いぎ}	異議 _{いぎ}	意見 _{いけん}	異見 _{いけん}	以降 _{いこう}	意向 _{いこう}

い	医院 委員 意外 意義 異議 意見 異見 以降 意向

いいん　いいん　いがい　いぎ　いぎ　いけん　いけん　いこう　いこう
い　医院　委員　意外　意義　異議　意見　異見　以降　意向

いし　いし　いじ　いじ　いしょう　いじょう　いす　いせい　いせき
　　意志　意思　意地　維持　衣装　異常　椅子　異性　遺跡

いぜん　いぜん　いぞん　いだい　いたく　いちょう　いてん　いと　いど
　　以前　依然　依存　偉大　委託　胃腸　移転　意図　緯度

いどう　いらい　いらい　いりょう　いりょう　いりょく　いろん
　　異動　以来　依頼　衣料　医療　威力　異論

いちがい
いち　一概

いっかつ　いっしゅん　いったん　いっち　いっぱん
いっ　一括　一瞬　一旦　一致　一般

いんかん　いんき　いんきょ
いん　印鑑　陰気　隠居

うんえい　うんちん　うんてん　うんぱん　うんゆ　うんよう
う　**うん**　運営　運賃　運転　運搬　運輸　運用

えいきゅう　えいきょう　えいせい　えいせい　えいゆう　えいよう
えい　永久　影響　衛生　衛星　英雄　栄養

えきたい
えき　液体

えつらん
えつ　閲覧

えんかい　えんかつ　えんがん　えんき　えんぎ　えんげき　えんしゅつ　えんじょ　えんぜつ
えん　宴会　円滑　沿岸　延期　演技　演劇　演出　援助　演説

えんせん　えんそう　えんだん　えんちょう　えんぴつ　えんまん　えんりょ
　　沿線　演奏　縁談　延長　鉛筆　円満　遠慮

え

おせん
お　汚染

おうえん　おうきゅう　おうしゅう　おうしん　おうせつ　おうたい　おうだん　おうとう　おうふく
おう　応援　応急　欧州　往診　応接　応対　横断　応答　往復

おうべい　おうぼ　おうよう
　　欧米　応募　応用

おんけい　おんせん
おん　恩恵　温泉

お

2. カ行 MP3-32

か

か	価格	架空	加減	過去	火口	下降	加工	化合	火災
	過失	果汁	箇所	過剰	化石	仮説	下線	化繊	河川
	過疎	過多	課題	花壇	価値	仮定	家庭	過程	課程
	加熱	貨幣	過密	貨物	華麗	過労			

が 我慢

かい	改悪	絵画	改革	階級	海峡	解決	会見	介護	開催
	改札	解釈	回収	改修	怪獣	解除	改正	快晴	解説
	改善	回送	回想	階層	開拓	会談	階段	改定	改訂
	快適	街道	介入	開発	回復	介抱	開放	解放	解剖
	開幕	改良	回路						

がい 該当 街頭 概念 概略 概論

かく	覚悟	格差	拡散	各自	各種	拡充	革新	確信	拡大
	各地	拡張	確定	角度	獲得	確認	格別	確保	革命
	確立	確率							

がく 楽譜

かつ 活躍

がっ 楽器 合唱 合併

か

かん

間隔	感覚	環境	歓迎	感激	簡潔	還元	看護	漢語
刊行	慣行	観光	勧告	観察	監視	感謝	慣習	観衆
干渉	鑑賞	勘定	感情	肝心	肝腎	完成	歓声	
感染	幹線	簡素	感想	乾燥	観点	監督	看板	看病
幹部	勘弁	勧誘	肝要	寛容	慣用	観覧	完了	官僚
還暦	緩和							

がん

眼科	眼球	頑固	頑丈

き

き

記憶	機会	危害	企画	規格	器官	季刊	期間	機関
祈願	危機	企業	基金	飢饉	器具	喜劇	危険	棄権
起源	期限	機嫌	気候	機構	既婚	記載	記事	汽車
記述	基準	起床	気象	奇数	規制	帰省	季節	汽船
基礎	寄贈	貴族	期待	規定	基地	貴重	軌道	記入
規範	基盤	寄付	起伏	規模	基本	奇妙	規約	器用
規律	記録							

ぎ

議案	戯曲	儀式	犠牲	偽造	義務	義理	疑惑

きゃく

脚色	脚本

きゅう

救援	休暇	休業	究極	窮屈	休憩	急激	救済	休日
吸収	救助	休息	急速	宮殿	窮乏	休養	丘陵	給料

きょ

許可	拒絶	拒否	許容	距離

き

きょう
驚異（きょうい）　強化（きょうか）　教化（きょうか）　境界（きょうかい）　教会（きょうかい）　協会（きょうかい）　共感（きょうかん）　協議（きょうぎ）　競技（きょうぎ）

境遇（きょうぐう）　強行（きょうこう）　強硬（きょうこう）　享受（きょうじゅ）　教授（きょうじゅ）　教習（きょうしゅう）　郷愁（きょうしゅう）　恐縮（きょうしゅく）　強制（きょうせい）

共存（きょうぞん）　協調（きょうちょう）　郷土（きょうど）　共同（きょうどう）　脅迫（きょうはく）　興味（きょうみ）　共鳴（きょうめい）　教養（きょうよう）　郷里（きょうり）

強烈（きょうれつ）

ぎょう
行儀（ぎょうぎ）　業績（ぎょうせき）

きょく
局限（きょくげん）　極端（きょくたん）

きん
緊急（きんきゅう）　近郊（きんこう）　均衡（きんこう）　近視（きんし）　禁止（きんし）　金銭（きんせん）　緊張（きんちょう）　筋肉（きんにく）

ぎん
吟味（ぎんみ）

く

ぐ
愚痴（ぐち）

くう
空間（くうかん）　空想（くうそう）

くっ
屈折（くっせつ）

ぐん
軍艦（ぐんかん）　群衆（ぐんしゅう）　軍隊（ぐんたい）

け

け
景色（けしき）　化粧（けしょう）　気配（けはい）

げ
下旬（げじゅん）　下駄（げた）

けい
敬意（けいい）　経緯（けいい）　経営（けいえい）　経過（けいか）　軽快（けいかい）　警戒（けいかい）　計画（けいかく）

計器（けいき）　契機（けいき）　景気（けいき）　敬具（けいぐ）　経験（けいけん）　軽減（けいげん）　稽古（けいこ）　傾向（けいこう）　警告（けいこく）

掲載（けいさい）　刑事（けいじ）　掲示（けいじ）　形式（けいしき）　傾斜（けいしゃ）　形成（けいせい）　形勢（けいせい）　継続（けいぞく）　軽率（けいそつ）

形態（けいたい）　携帯（けいたい）　系統（けいとう）　刑罰（けいばつ）　経費（けいひ）　軽蔑（けいべつ）　契約（けいやく）　経由（けいゆ）　経歴（けいれき）

け

げき
激増（げきぞう）　激励（げきれい）

けつ
決意（けつい）　決議（けつぎ）　欠乏（けつぼう）

けっ
欠陥（けっかん）　血管（けっかん）　決行（けっこう）　結構（けっこう）　傑作（けっさく）　結晶（けっしょう）　決勝（けっしょう）　結成（けっせい）　結束（けっそく）

げっ
月賦（げっぷ）

けん
権威（けんい）　喧嘩（けんか）　見解（けんかい）　見学（けんがく）　研究（けんきゅう）　謙虚（けんきょ）　兼業（けんぎょう）　権限（けんげん）　健康（けんこう）
検査（けんさ）　健在（けんざい）　見識（けんしき）　研修（けんしゅう）　懸賞（けんしょう）　建設（けんせつ）　健全（けんぜん）　謙遜（けんそん）　見地（けんち）
建築（けんちく）　見当（けんとう）　検討（けんとう）　憲法（けんぽう）　賢明（けんめい）　懸命（けんめい）　権利（けんり）　権力（けんりょく）　倹約（けんやく）
兼用（けんよう）

げん
原因（げんいん）　限界（げんかい）　玄関（げんかん）　現金（げんきん）　現行（げんこう）　原稿（げんこう）　現在（げんざい）　現実（げんじつ）
原子（げんし）　原始（げんし）　元首（げんしゅ）　厳重（げんじゅう）　現象（げんしょう）　減少（げんしょう）　元素（げんそ）　現像（げんぞう）　現場（げんば）
限定（げんてい）　原点（げんてん）　原典（げんてん）　減点（げんてん）　限度（げんど）　原爆（げんばく）　原文（げんぶん）　厳密（げんみつ）　原理（げんり）
減量（げんりょう）　言論（げんろん）

こ

こ
呼吸（こきゅう）　故郷（こきょう）　孤児（こじ）　故障（こしょう）　故人（こじん）　個性（こせい）　戸籍（こせき）　誇張（こちょう）　古典（こてん）
孤独（こどく）　孤立（こりつ）

ご
護衛（ごえい）　語句（ごく）　語源（ごげん）　誤差（ごさ）　碁盤（ごばん）　娯楽（ごらく）

こう
行為（こうい）　好意（こうい）　公演（こうえん）　公園（こうえん）　後援（こうえん）　講演（こうえん）
高価（こうか）　効果（こうか）　高架（こうか）　硬貨（こうか）　公開（こうかい）　航海（こうかい）　後悔（こうかい）　公害（こうがい）　郊外（こうがい）
抗議（こうぎ）　講義（こうぎ）　公共（こうきょう）　好況（こうきょう）　興業（こうぎょう）　孝行（こうこう）　広告（こうこく）　光景（こうけい）　後継（こうけい）
攻撃（こうげき）　貢献（こうけん）　工作（こうさく）　耕作（こうさく）　公式（こうしき）　校舎（こうしゃ）　公衆（こうしゅう）　控除（こうじょ）　交渉（こうしょう）

	こうずい 洪水	こうせい 公正	こうせい 構成	こうせき 功績	こうせん 光線	こうぜん 公然	こうそう 高層	こうそう 抗争	こうそう 構想
	こうぞう 構造	こうそく 拘束	こうそく 高速	こうたい 交代	こうたい 後退	こうだん 公団	こうちょう 好調	こうてい 肯定	こうてい 校庭
	こうとう 口頭	こうとう 高等	こうどく 購読	こうにゅう 購入	こうにん 公認	こうはい 後輩	こうはい 荒廃	こうばい 購買	
こ	こうひょう 公表	こうひょう 好評	こうふく 幸福	こうふく 降伏	こうふん 興奮	こうへい 公平	こうみょう 巧妙	こうむ 公務	こうもく 項目
	こうやく 公約	こうよう 公用	こうよう 紅葉	こうりつ 公立	こうりつ 効率	こうりゅう 交流	こうりょ 考慮		
ごう	ごうい 合意	ごうか 豪華	ごうせい 合成	ごうどう 合同					
こく	こくさん 国産	こくせき 国籍	こくど 国土	こくはく 告白	こくふく 克服	こくもつ 穀物	こくゆう 国有		
こん	こんき 根気	こんきょ 根拠	こんじょう 根性	こんちゅう 昆虫	こんぽん 根本				

3. サ行 MP3-33

さ	さぎ 詐欺	さとう 砂糖	さどう 作動	さばく 砂漠	さべつ 差別	さよう 作用			
ざ	ざひょう 座標								
さい	さいかい 再会	さいがい 災害	さいきん 最近	さいきん 細菌	さいく 細工	さいけつ 採決	さいけん 再建	さいげん 再現	
	さいさん 再三	さいさん 採算	さいしゅう 採集	さいしゅう 最終	さいせい 再生	さいぜん 最善	さいそく 催促	さいたく 採択	さいてん 祭典
さ	さいなん 災難	さいばい 栽培	さいはつ 再発	さいばん 裁判	さいふ 財布	さいほう 裁縫	さいぼう 細胞	さいよう 採用	
さく	さくいん 索引	さくげん 削減	さくご 錯誤	さくじょ 削除	さくりゃく 策略				
さつ	さつえい 撮影								
さっ	さっかく 錯覚								

さ	**さん**	参加 さんか	酸化 さんか	山岳 さんがく	参考 さんこう	参照 さんしょう	賛成 さんせい	酸性 さんせい	酸素 さんそ	散歩 さんぽ
		山脈 さんみゃく								
	ざん	残酷 ざんこく								

し	**し**	飼育 しいく	司会 しかい	四角 しかく	視覚 しかく	資格 しかく	四季 しき	指揮 しき	支給 しきゅう	至急 しきゅう
		資金 しきん	死刑 しけい	刺激 しげき	資源 しげん	志向 しこう	施行 しこう	思考 しこう	嗜好 しこう	視察 しさつ
		資産 しさん	支持 しじ	指示 しじ	刺繍 ししゅう	市場 しじょう	詩人 しじん	姿勢 しせい	施設 しせつ	思想 しそう
		指摘 してき	視点 してん	紙幣 しへい	司法 しほう	志望 しぼう	脂肪 しぼう	始末 しまつ	氏名 しめい	使命 しめい
		視野 しや	私用 しよう	使用 しよう	仕様 しよう	資料 しりょう	視力 しりょく			
	じ	自我 じが	時間 じかん	時期 じき	磁気 じき	事業 じぎょう	自己 じこ	事故 じこ	事項 じこう	時刻 じこく
		地獄 じごく	磁石 じしゃく	字体 じたい	事態 じたい	辞退 じたい	辞典 じてん	地盤 じばん	自慢 じまん	
	しき	色彩 しきさい	式典 しきてん							
	しっ	失脚 しっきゃく	質素 しっそ							
	じっ	実際 じっさい	実施 じっし	実質 じっしつ	実績 じっせき	実践 じっせん	実態 じったい			
	しゃ	車掌 しゃしょう	斜面 しゃめん							
	じゃ	蛇口 じゃぐち	邪魔 じゃま							
	しゅ	主催 しゅさい	趣旨 しゅし	種子 しゅし	主張 しゅちょう	首脳 しゅのう	趣味 しゅみ			
	じゅ	授業 じゅぎょう	寿命 じゅみょう	樹木 じゅもく	需要 じゅよう	樹立 じゅりつ				
	しゅう	収益 しゅうえき	収穫 しゅうかく	修学 しゅうがく	習慣 しゅうかん	週間 しゅうかん	宗教 しゅうきょう	就業 しゅうぎょう	襲撃 しゅうげき	
		収支 しゅうし	終始 しゅうし	修士 しゅうし	就職 しゅうしょく	修飾 しゅうしょく	修正 しゅうせい	修繕 しゅうぜん	集中 しゅうちゅう	収入 しゅうにゅう

し

	しゅうにん就任	しゅうよう収容	しゅうり修理	しゅうりょう修了	しゅうりょう終了			
じゅう	じゅうげき銃撃	じゅうし重視	じゅうじ従事	じゅうじつ充実	じゅうしょう重傷	じゅうぞく従属	じゅうたい渋滞	じゅうたい重体
しゅく	しゅくが祝賀	しゅくしょう縮小						
じゅく	じゅくご熟語	じゅくすい熟睡						
しゅつ	しゅつえん出演							
しゅっ	しゅっせ出世							
しゅん	しゅんかん瞬間							
じゅん	じゅんかん循環	じゅんさ巡査	じゅんじょ順序	じゅんすい純粋				
しょ	しょじ所持	しょせき書籍	しょぞく所属	しょち処置	しょてい所定	しょばつ処罰	しょみん庶民	しょむ庶務	しょゆう所有
じょ	じょこう徐行	じょし女子	じょし女史	じょし助詞				
しょう	しょうかい紹介	しょうがい生涯	しょうがい障害	しょうげき衝撃	しょうげん証言	しょうこ証拠	しょうさい詳細	しょうじょう症状	しょうしん昇進
	しょうたい正体	しょうだく承諾	しょうちょう象徴	しょうてん商店	しょうてん焦点	しょうとつ衝突	しょうにん証人	しょうにん承認	しょうひ消費
	しょうめい証明	しょうめい照明	しょうもう消耗	しょうゆ醤油	しょうれい奨励				
じょう	じょうけん条件	じょうし上司	じょうしき常識	じょうじゅん上旬	じょうしょう上昇	じょうたい状態	じょうたつ上達	じょうだん冗談	じょうぶ丈夫
	じょうほ譲歩	じょうやく条約							
しょく	しょくたく食卓							
しん	しんか進化	しんぎ審議	しんきゅう進級	しんけん真剣	しんこう信仰	しんこう新興	しんこう振興	しんこう進行
	しんこく申告	しんこく深刻	しんさ審査	しんさつ診察	しんし紳士	しんじゅう心中	しんじょう心情	しんせい申請	しんせい神聖
	しんせん新鮮	しんぜん親善	しんそう真相	しんだん診断	しんちょう身長	しんちょう慎重	しんてい進呈	しんてん進展	しんどう振動
	しんにゅう侵入	しんぱん審判	しんぴ神秘	しんぽ進歩	しんりゃく侵略	しんりょう診療			

| し | じん | 人格 じんかく | 迅速 じんそく | | | | | | |

す	ず	図鑑 ずかん							
	すい	水源 すいげん	炊事 すいじ	水準 すいじゅん	推進 すいしん	水洗 すいせん	推薦 すいせん	水素 すいそ	推測 すいそく	垂直 すいちょく
		推定 すいてい	水滴 すいてき	水田 すいでん	水平 すいへい	睡眠 すいみん	推理 すいり			
	ずい	随筆 ずいひつ							
	すう	崇拝 すうはい							
	すん	寸法 すんぼう							

せ	ぜ	是正 ぜせい	是非 ぜひ						
	せい	西欧 せいおう	成果 せいか	正確 せいかく	性格 せいかく	正規 せいき	世紀 せいき	正義 せいぎ	請求 せいきゅう	清潔 せいけつ
		政権 せいけん	成功 せいこう	精巧 せいこう	政策 せいさく	生産 せいさん	精算 せいさん	生死 せいし	静止 せいし	性質 せいしつ
		誠実 せいじつ	成熟 せいじゅく	聖書 せいしょ	整数 せいすう	成績 せいせき	整然 せいぜん	清掃 せいそう	盛装 せいそう	盛大 せいだい
		生誕 せいたん	成長 せいちょう	制度 せいど	整頓 せいとん	性能 せいのう	整備 せいび	征服 せいふく		
		生命 せいめい	姓名 せいめい	声明 せいめい	制約 せいやく	整理 せいり	西暦 せいれき	整列 せいれつ		
	せき	赤道 せきどう	責任 せきにん	責務 せきむ						
	せつ	設備 せつび	節約 せつやく	設立 せつりつ						
	せっ	接近 せっきん	接触 せっしょく	設置 せっち	折衷 せっちゅう	説得 せっとく				
	せん	繊維 せんい	選挙 せんきょ	宣教 せんきょう	宣言 せんげん	先行 せんこう	専攻 せんこう	選考 せんこう	戦災 せんさい	洗剤 せんざい
		扇子 せんす	潜水 せんすい	先生 せんせい	先制 せんせい	専制 せんせい	戦争 せんそう	洗濯 せんたく	選択 せんたく	先端 せんたん

せ		せんちゃく 先着	せんでん 宣伝	せんとう 先頭	せんとう 戦闘	せんぱい 先輩	せんぱく 船舶	せんにゅう 潜入	せんもん 専門	せんよう 専用
		せんりょう 占領	せんりょく 戦力							
	ぜん	ぜんしん 全身	ぜんしん 前進	ぜんせい 全盛	ぜんてい 前提	ぜんりょう 善良				

そ	そ	そざい 素材	そし 阻止	そしき 組織	そしつ 素質	そしょう 訴訟	そせん 祖先	そち 措置	そぼく 素朴	そまつ 粗末
	そう	そうい 相違	そうおん 騒音	そうがく 総額	そうかん 創刊	そうこ 倉庫	そうさ 操作	そうさ 捜査	そうさく 創作	そうさく 捜索
		そうしき 葬式	そうじゅう 操縦	そうしょく 装飾	そうぞう 創造	そうぞう 想像	そうち 装置	そうどう 騒動	そうなん 遭難	そうび 装備
		そうりつ 創立								
	ぞう	ぞうげん 増減	ぞうり 草履							
	そっ	そっせん 率先								
	そく	そくざ 即座	そくしん 促進	そくばく 束縛						
	そん	そんけい 尊敬	そんぞく 存続							

4. タ行 MP3-34))

た	だ	だきょう 妥協	だげき 打撃	だけつ 妥結	ださく 駄作	だとう 妥当	だぼく 打撲			
	たい	たいおう 対応	たいか 大家	たいか 退化	たいかく 体格	たいがい 大概	たいぐう 待遇	たいくつ 退屈	たいこ 太鼓	たいこう 対抗
		たいざい 滞在	たいさく 対策	たいじ 退治	たいしゅう 大衆	たいしょ 対処	たいしょう 対称	たいしょく 退職	たいせい 体制	たいせい 態勢
		たいそう 体操	たいてい 大抵	たいど 態度	たいとう 対等	たいのう 滞納	たいひ 対比	たいひ 退避	たいほ 逮捕	たいぼう 待望
		たいまん 怠慢	たいめん 対面	たいよう 太陽	たいりく 大陸					

127

た	**だい**	だいたん 大胆						
	たっ	たっせい 達成						
	だっ	だっしゅつ 脱出	だっせん 脱線	だったい 脱退				
	たん	たんか 担架	たんか 短歌	たんけん 探検	たんしゅく 短縮	たんじょう 誕生	たんすい 淡水	たんそ 炭素
	だん	だんけつ 団結	だんな 旦那					

ち	**ち**	ちえ 知恵	ちこく 遅刻	ちしき 知識	ちりょう 治療			
	ちく	ちくせき 蓄積						
	ちつ	ちつじょ 秩序						
	ちっ	ちっそく 窒息						
	ちゃ	ちゃわん 茶碗						
	ちゅう	ちゅうおう 中央	ちゅうけい 中継	ちゅうこく 忠告	ちゅうじつ 忠実	ちゅうしゃ 注射	ちゅうしゃ 駐車	ちゅうじゅん 中旬	ちゅうしょう 中傷	ちゅうしょう 抽象
		ちゅうすう 中枢	ちゅうせん 抽選						
	ちょ	ちょちく 貯蓄						
	ちょう	ちょういん 調印	ちょうか 超過	ちょうかい 聴解	ちょうかく 聴覚	ちょうこう 聴講	ちょうこく 彫刻	ちょうさ 調査	ちょうし 調子	ちょうしゅう 徴収
		ちょうじょう 頂上	ちょうせい 調整	ちょうせつ 調節	ちょうせん 挑戦	ちょうてい 調停	ちょうてん 頂点	ちょうふく 重複	ちょうほう 重宝	ちょうわ 調和
	ちょく	ちょくせつ 直接						
	ちょっ	ちょっけい 直径						
	ちん	ちんぎん 賃金	ちんぼつ 沈没	ちんもく 沈黙	ちんれつ 陳列			

つ		都合 つごう							
つい		追加 ついか	追求 ついきゅう	追跡 ついせき	墜落 ついらく				
つう		通過 つうか	通行 つうこう	通常 つうじょう	通帳 つうちょう	通訳 つうやく			

て	てい	提案 ていあん	定価 ていか	低下 ていか	定義 ていぎ	提供 ていきょう	提携 ていけい	抵抗 ていこう	停止 ていし	提示 ていじ
		提出 ていしゅつ	訂正 ていせい	停滞 ていたい	邸宅 ていたく	丁寧 ていねい	定年 ていねん	堤防 ていぼう		
	てき	適応 てきおう	適宜 てきぎ	適性 てきせい	適切 てきせつ	適度 てきど				
	てつ	哲学 てつがく	徹夜 てつや							
	てっ	鉄鋼 てっこう	徹底 てってい							
	てん	点火 てんか	展開 てんかい	転回 てんかい	転換 てんかん	天気 てんき	転居 てんきょ	転勤 てんきん	典型 てんけい	点検 てんけん
		天候 てんこう	転校 てんこう	天才 てんさい	天災 てんさい	添削 てんさく	展示 てんじ	天井 てんじょう	天体 てんたい	天地 てんち
		天然 てんねん	展望 てんぼう	転落 てんらく	展覧 てんらん					
	でん	伝言 でんごん	伝説 でんせつ	伝染 でんせん	電線 でんせん	伝統 でんとう	電灯 でんとう			

と	と 途歩								
ど	ど 土壌								
とう	とうあん 答案	とういつ 統一	とうき 陶器	とうき 騰貴	とうぎ 討議	とうけい 統計	とうごう 統合	とうじょう 搭乗	とうせい 統制
	とうせん 当選	とうそつ 統率	とうたつ 到達	とうち 統治	とうちゃく 到着	とうにゅう 投入	とうひょう 投票	とうぼう 逃亡	とうめい 透明
	とうろく 登録	とうろん 討論							
どう	どうい 同意	どうかん 同感	どうき 動機	どうし 同士	どうし 同志	どうし 動詞	どうじょう 同情	どうじょう 道場	どうちょう 同調
	どうとく 道徳	どうにゅう 導入	どうめい 同盟	どうよう 同様	どうよう 童謡	どうよう 動揺	どうりょう 同僚		
とく	とくしゅ 特殊	とくちょう 特徴							
どく	どくせん 独占								
とつ	とつじょ 突如	とつぜん 突然	とつにゅう 突入						
とっ	とっしゅつ 突出	とっしん 突進	とっぱ 突破						

5. ナ行 MP3-35))

な	ない 内閣	ないよう 内容	
	なっ 納得		
	なん 南緯		

に	にっ 日程	
	にゅう 入手	

| に | にょう | にょうぼう
女房 | | | |
| | にん | にん か
認可 | にんしき
認識 | にんじょう
人情 | にんしん
妊娠 |

| ね | ねつ | ねつ い
熱意 | | | |
| | ねん | ねん が
年賀 | ねんしょう
年少 | ねんしょう
燃焼 | ねんりょう
燃料 |

| の | の | のう ど
濃度 | のうにゅう
納入 | | |

6. ハ行 MP3-36))

は	は	は あく 把握	は かい 破壊	は き 破棄	は けん 派遣	は れつ 破裂			
	ば	ば あい 場合							
	はい	はい き 廃棄	はい く 俳句	はいけい 背景	はいけい 拝啓	はい し 廃止	はいじょ 排除	はいすい 排水	はい ち 配置	はい ふ 配布
		はいゆう 俳優	はいりょ 配慮						
	ばい	ばいしょう 賠償							
	はく	はくがい 迫害	はくしゅ 拍手						
	ばく	ばくぜん 漠然	ばくだん 爆弾	ばく ろ 暴露					
	はつ	はつ が 発芽	はつげん 発言						
	はつ	はっ き 発揮	はっしゃ 発射	はっしん 発進	はっせい 発生	はってん 発展			

は	はん	はんい 範囲	はんえい 反映	はんえい 繁栄	はんかん 反感	はんきょう 反響	はんけい 半径	はんけつ 判決	はんこう 反抗	はんざい 犯罪
		はんしゃ 反射	はんじょう 繁盛	はんしょく 繁殖	はんだん 判断	はんてい 判定	はんにん 犯人	はんのう 反応	はんばい 販売	はんぱつ 反発
		はんらん 反乱	はんらん 氾濫							

ひ	ひ	ひがい 被害	ひかく 比較	ひきょう 卑怯	ひさい 被災	ひさん 悲惨	ひしょ 秘書	ひなん 非難	ひなん 避難	ひはん 批判
		ひひょう 批評	ひみつ 秘密	ひよう 費用	ひりょう 肥料	ひろう 疲労				
	び	びしょう 微笑	びみょう 微妙	びりょう 微量						
	ひっ	ひってき 匹敵								
	ひょう	ひょうか 評価	ひょうご 標語	ひょうしき 標識	ひょうじゅん 標準	ひょうばん 評判	ひょうほん 標本			
	びょう	びょうしゃ 描写								
	ひん	ひんきゅう 貧窮	ひんじゃく 貧弱	ひんぱん 頻繁						
	びん	びんかん 敏感	びんぼう 貧乏							

ふ	ふ	ふい 不意	ふきつ 不吉	ふきゅう 普及	ふごう 符号	ふごう 富豪	ふこく 布告	ふさい 夫妻	ふさい 負債	
		ふしょう 不詳	ふしょう 負傷	ふぞく 付属	ふたん 負担	ふだん 普段	ふつう 普通	ふにん 赴任	ふはい 腐敗	ふへん 普遍
		ふよう 扶養	ふろ 風呂							
	ぶ	ぶじょく 侮辱	ぶひん 部品							
	ふう	ふうけい 風景	ふうぞく 風俗	ふうりん 風鈴						
	ふく	ふくし 副詞	ふくし 福祉	ふくめん 覆面						
	ふっ	ふっかつ 復活	ふっきゅう 復旧	ふっこう 復興	ふっとう 沸騰					

ふ	ぶつ	物価 ぶっか	物騒 ぶっそう						
	ふん	噴火 ふんか	憤慨 ふんがい	紛失 ふんしつ	噴出 ふんしゅつ	噴水 ふんすい	紛争 ふんそう	奮闘 ふんとう	粉末 ふんまつ
	ぶん	文化 ぶんか	文献 ぶんけん	分散 ぶんさん	分析 ぶんせき	分担 ぶんたん	分配 ぶんぱい	文脈 ぶんみゃく	分離 ぶんり	分裂 ぶんれつ

へ	へい	平気 へいき	兵器 へいき	平行 へいこう	並行 へいこう	閉口 へいこう	閉鎖 へいさ	兵士 へいし	兵隊 へいたい	平凡 へいぼん
	べつ	別荘 べっそう								
	へん	返還 へんかん	偏見 へんけん	変更 へんこう	返済 へんさい					
	べん	弁解 べんかい	便宜 べんぎ	弁護 べんご	弁償 べんしょう	弁当 べんとう	便利 べんり	弁論 べんろん		

ほ	ほ	保育 ほいく	保温 ほおん	捕獲 ほかく	保管 ほかん	保険 ほけん	保健 ほけん	保護 ほご	歩行 ほこう	保守 ほしゅ
		補充 ほじゅう	補助 ほじょ	保証 ほしょう	保障 ほしょう	補償 ほしょう	舗装 ほそう	保存 ほぞん	保養 ほよう	
	ぼ	墓地 ぼち								
	ほう	崩壊 ほうかい	方角 ほうがく	法学 ほうがく	放棄 ほうき	報告 ほうこく	方策 ほうさく	豊作 ほうさく	奉仕 ほうし	放射 ほうしゃ
		報酬 ほうしゅう	放送 ほうそう	包装 ほうそう	放置 ほうち	法廷 ほうてい	豊富 ほうふ	飽和 ほうわ		
	ぼう	防衛 ぼうえい	妨害 ぼうがい	冒険 ぼうけん	防止 ぼうし	帽子 ぼうし	紡績 ぼうせき	膨大 ぼうだい	膨張 ぼうちょう	冒頭 ぼうとう
	ほく	北緯 ほくい								
	ぼく	牧師 ぼくし	牧場 ぼくじょう	牧畜 ぼくちく						
	ぼつ	没落 ぼつらく								
	ほっ	発作 ほっさ	発足 ほっそく							
	ぼっ	没収 ぼっしゅう								

| ほ | ほん | 本気 本質 本体 本能 本部 翻訳 |
| | ぼん | 盆地 |

7. マ行 MP3-37

| ま | ま | 摩擦 麻酔 麻痺 |
| | まん | 満員 漫画 満場 満身 満足 |

み	み	未熟 味噌 魅力
	みつ	密度
	みっ	密集 密接
	みん	民俗 民族 民謡

| む | む | 無効 無口 無視 矛盾 無駄 無断 無念 無理 無料 |
| | | 無論 |

め	めい	名刺 名称 名簿 名誉 迷惑
	めつ	滅亡
	めん	免許 免除 免税 面積 面接

も	**も**	もけい 模型	もさく 模索	もはん 模範	もほう 模倣	もよう 模様				
	もう	もうてん 盲点	もうれつ 猛烈							
	もく	もくてき 目的	もくひょう 目標	もくろく 目録						
	もち	もちろん 勿論								

8. ヤ行 MP3-38))

や	**や**	やちん 家賃
	やく	やくいん 役員

ゆ	**ゆ**	ゆかい 愉快								
	ゆい	ゆいいつ 唯一								
	ゆう	ゆううつ 憂鬱	ゆうえき 有益	ゆうかい 誘拐	ゆうかん 勇敢	ゆうき 有機	ゆうき 勇気	ゆうこう 友好	ゆうこう 有効	ゆうし 融資
		ゆうしゅう 優秀	ゆうずう 融通	ゆうせん 優先	ゆうそう 郵送	ゆうどう 誘導	ゆうふく 裕福	ゆうぼく 遊牧	ゆうゆう 悠々	ゆうよ 猶予
		ゆうれい 幽霊	ゆうわく 誘惑							

よ	**よ**	よか 余暇	よげん 予言	よち 予知	よゆう 余裕				
	よう	ようい 容易	よういん 要員	ようえき 溶液	ようき 容器	ようきゅう 要求	ようご 用語	ようご 養護	ようこう 要項	ようし 要旨
		ようじ 幼児	ようじ 用事	ようせい 要請	ようせい 養成	ようそ 要素	ようち 幼稚	ようてん 要点	ようぶん 養分	ようぼう 要望
		ようもう 羊毛	ようりょう 要領							
	よく	よくあつ 抑圧	よくせい 抑制							

9. ラ行 MP3-39

ら	**らく**	らくのう 酪農							

	り	りえき 利益	りくつ 理屈	りこん 離婚	りじゅん 利潤	りよう 利用	りれき 履歴		
	りゃく	りゃくだつ 略奪							
り	**りゅう**	りゅうこう 流行	りゅうつう 流通						
	りょう	りょういき 領域	りょうかい 了解	りょうかい 領海	りょうがえ 両替	りょうがわ 両側	りょうきん 料金	りょうこう 良好	りょうしき 良識	りょうしつ 良質
		りょうしゅう 領収	りょうしょう 了承	りょうせい 良性	りょうど 領土	りょうりつ 両立			
	りん	りんじ 臨時							

る	**るい**	るいすい 類推			

	れい	れいぎ 礼儀	れいたん 冷淡	れいとう 冷凍	れいぼう 冷房	
れ	**れん**	れんごう 連合	れんたい 連帯	れんちゅう 連中	れんぽう 連邦	れんめい 連盟

	ろ	ろこつ 露骨		
ろ	**ろう**	ろうか 廊下	ろうどく 朗読	ろうひ 浪費

10. ワ行

わ	わく	惑星

わくせい

（三）三字漢詞 MP3-40))

カ行	か	学習塾	
	き	貴重品	金魚鉢
	く	句読点	
	け	顕微鏡	
	こ	後継者	

がくしゅうじゅく
きちょうひん　きんぎょばち
くとうてん
けんびきょう
こうけいしゃ

サ行	し	衆議院	従業員
	せ	扇風機	

しゅうぎいん　じゅうぎょういん
せんぷうき

タ行	た	大丈夫	
	ち	聴診器	
	て	展覧会	
	と	陶磁器	特派員

だいじょうぶ
ちょうしんき
てんらんかい
とうじき　とくはいん

ハ行	は	はくぶつかん 博物館	
	ひ	ひつじゅひん 必需品	
	ふ	ふんいき 雰囲気	ぶんぼうぐ 文房具
	へ	べんごし 弁護士	
	ほ	ぼうえんきょう 望遠鏡	ほうしゃのう 放射能

| ヤ行 | よ | ようちえん
幼稚園 |

新日檢N1言語知識
（文字·語彙·文法）全攻略

第三單元
文法篇

　　本單元將新日檢N1出題基準中的文法，依出題形式及句型間的關聯性，將103個句型分為「一、接尾語·複合語；二、副助詞；三、複合助詞；四、接續用法；五、句尾用法；六、形式名詞」六大類。讀者只要依序讀下去，一定可以在最短的時間內記住相關句型。

　　本單元將新日檢N1出題基準中的文法，依出題形式及句型間的關聯性，將103個句型分為「一、接尾語・複合語；二、副助詞；三、複合助詞；四、接續用法；五、句尾用法；六、形式名詞」六大類。讀者只要依序讀下去，相信一定可以在最短的時間內記住相關句型。

　　新日檢N1的「言語知識」包含「文字・語彙」和「文法」二單元，和「讀解」合併為一節測驗，考試時間為110分鐘。其中「文法」部份有三大題，共20小題，如果這103個句型夠熟悉，就不需要花去太多時間，且能迅速找出正確答案，也才能空下更多的時間來做閱讀測驗！此外，相關文法句型會不停地出現在閱讀測驗的文章中，文法愈熟練，當然對閱讀測驗也會有愈大的幫助。

　　本單元最後還有敬語相關用法的整理。敬語的題目不只可能出現在文法題、單字題，在閱讀測驗及聽力都會不斷地出現，絕對不可忽略。此外，由於N1的文法考題中，常會出現N2的文法句型，所以在本書最後的附錄中，整理了新日檢N2的文法句型，也請讀者在最後能複習一下相關的N2文法。

　　正式進入文法句型之前，請先記住以下連接形式，這樣可以更快速地瞭解相關句型的連接方式！

基本詞性

動詞	書_かく
イ形容詞	高_{たか}い
ナ形容詞	元気_{げん き}
名詞	学生_{がくせい}

常體

詞性	現在肯定	現在否定	過去肯定	過去否定
動詞	書^かく	書^かかない	書^かいた	書^かかなかった
イ形容詞	高^{たか}い	高^{たか}くない	高^{たか}かった	高^{たか}くなかった
ナ形容詞	元気^{げんき}だ	元気^{げんき}ではない （元気^{げんき}じゃない）	元気^{げんき}だった	元気^{げんき}ではなかった （元気^{げんき}じゃなかった）
名詞	学生^{がくせい}だ	学生^{がくせい}ではない （学生^{がくせい}じゃない）	学生^{がくせい}だった	学生^{がくせい}ではなかった （学生^{がくせい}じゃなかった）

名詞修飾形

詞性	現在肯定	現在否定	過去肯定	過去否定
動詞	書^かく	書^かかない	書^かいた	書^かかなかった
イ形容詞	高^{たか}い	高^{たか}くない	高^{たか}かった	高^{たか}くなかった
ナ形容詞	元気^{げんき}な	元気^{げんき}ではない （元気^{げんき}じゃない）	元気^{げんき}だった	元気^{げんき}ではなかった （元気^{げんき}じゃなかった）
名詞	学生^{がくせい}の	学生^{がくせい}ではない （学生^{がくせい}じゃない）	学生^{がくせい}だった	学生^{がくせい}ではなかった （学生^{がくせい}じゃなかった）

動詞連接形式

動詞詞性	連接
動詞辭書形	書^かく
動詞ます形	書^かき
動詞ない形	書^かかない
動詞（ない）形	書^かか
動詞た形	書^かいた
動詞て形	書^かいて
動詞ている形	書^かいている
動詞假定形	書^かけば
動詞意向形	書^かこう

一 接尾語・複合語

（一）接尾語 MP3-41))

文法 001 ～まみれ

意義 滿是～、全是～（～がたくさんついている）

連接 【名詞】＋まみれ

例句 ▶ 事故現場に負傷者が血まみれになって倒れている。

傷者滿身是血地倒在意外現場。

▶ 工事現場で汗まみれになって働いている。

在工地滿身是汗地工作著。

▶ 子供たちは公園で泥まみれになって遊んでいる。

小孩子們在公園玩得滿身泥巴。

文法 002 ～ずくめ

意義 清一色～、淨是～（～ばかり）

連接 【名詞】＋ずくめ

例句 ▶ あの人はいつも黒ずくめのかっこうをしている。

那個人總是穿得一身黑。

▶ 今日は一日中いいことずくめだ。

今天一整天好事不斷。

▶ 今日の夕食はごちそうずくめだった。

今天的晚餐全是山珍海味。

↘文法 003 〜めく

意義	變成〜、好像〜的樣子（〜の様子になる / 〜らしく見える）
連接	【名詞】＋めく

例句 ▶ 彼の言い方には皮肉めいたところがある。

他的講話方式，有點諷刺的感覺。

▶ 日ごとに春めいてきた。

每天愈來愈有春天的感覺。

▶ あそこに謎めいた女性が立っている。

那裡站著一位謎樣的女子。

↘文法 004 〜がてら

意義	順便〜（〜のついでに）
連接	【動詞ます形・名詞】＋がてら

例句 ▶ 散歩がてら、タバコを買ってくる。

散步順便去買包菸。

▶ 駅に行きがてら、郵便局に立ち寄る。

去車站，順便去一下郵局。

▶ 図書館へ本を返しに行きがてら、山田さんを訪ねた。

去圖書館還書，順道拜訪山田先生。

↘文法 005 〜かたがた

意義 順便〜，同 **004** 〜がてら，但為較文言的說法。
（「〜がてら」の丁寧な言い方）

連接 【名詞】＋ かたがた

例句 ▶ 就職のあいさつかたがた、恩師のうちを訪ねた。

報告找到工作的消息，順便到老師家拜訪。

▶ お祝いかたがたお伺いしました。

跟您祝賀，順便拜訪一下。

▶ お礼かたがたご機嫌伺いをして来よう。

想去道謝，順便問聲好。

↘文法 006 〜なりに / 〜なりの

意義 獨特的、與〜相符合的（〜独自に / 〜に相応しく）

連接 【名詞】＋ なりに / なりの

例句 ▶ この件について、私なりに少し考えてみた。

關於這件事，我個人稍微想了一下。

▶ 子供は子供<u>なりの</u>見方がある。

小孩子有小孩子的看法。

▶ 私<u>なりの</u>判断がある。

我有我的判斷。

↘文法 007　〜あっての

意義 正因為有〜才（〜があるからこそ）

連接 【名詞】＋ あっての ＋【名詞】

例句 ▶ 選手<u>あっての</u>監督ですね。

有選手才有教練呀！

▶ お客<u>あっての</u>仕事ですから、お客を大切にしています。

有客人才有工作，所以好好地對待著客人。

▶ あなた<u>あっての</u>私です。あなたがいなかったらと思うと……。

有你才有我。一想到如果你不在的話……。

↘文法 008　〜たる

意義 作為〜、身為〜（〜の立場にある）

連接 【名詞】＋ たる ＋【名詞】

例句 ▶ 学生<u>たる</u>者は勉強すべきである。

身為學生，就應該要讀書。

▶ あんな人には国会議員たる資格はない。

那種人沒有擔任國會議員的資格。

▶ 教師たる者は、生徒の模範とならなければならない。

身為教師，一定要當學生的模範。

（二）複合語 MP3-42))

文法
009 **～っぱなし**

意義 擱著不管、一直～（～したまま）

連接 【動詞ます形】＋っぱなし

例句 ▶ 靴下は脱ぎっぱなしにしないでください。

襪子請不要脫了就不管。

▶ うちのチームはずっと負けっぱなしだ。

我隊不停地輸。

▶ 太郎は電気をつけっぱなしで寝てしまった。

太郎開著燈就睡著了。

↘文法 010 〜極まる / 〜極まりない

意義 極為〜、非常〜（とても〜 / この上なく〜）

連接【ナ形容詞】＋極まる / 極まりない

例句 ▶ あの人の態度は失礼極まる。

那個人的態度極不禮貌。

▶ 試合に負けてしまって、残念極まりない。

輸了比賽，非常遺憾。

▶ あの人との話は不愉快極まりない。

和那個人的談話極為不愉快。

二 副助詞 MP3-43))

➤文法 011 ～すら / ～ですら

意義 甚至～、連～（～も / ～さえ）

連接 【名詞】＋ すら / ですら

例句 ▶ 太郎君は寝る時間すら惜しんで、勉強している。

太郎同學連要睡覺的時間都不捨地在讀書。

▶ そんなことは子供ですら知っている。

那種事連小孩子都知道。

▶ そのことは親にすら話していない。

那件事我連父母都沒說過。

➤文法 012 ただ～のみ

意義 只是～、只有～（ただ～だけ）

連接 ただ ＋【動詞辭書形・イ形容詞・名詞】＋ のみ

例句 ▶ 試験を受けたら、ただ合格通知を待つのみだ。

考完的話，就只有等待成績單了。

▶ 部下はただ命令に従うのみだ。

部下只有聽從命令。

▶ 父はただ<u>1度のみ</u>泣いたことがある。

父親只哭過一次。

↓文法
013 ただ〜のみならず

意義	不僅〜（〜だけでなく）
連接	ただ ＋【常體】＋ のみならず（例外：名詞及ナ形容詞不加「だ」）

例句 ▶ <u>ただ雨のみならず</u>、風も吹いてきた。

不僅下雨，連風都吹起來了。

▶ <u>ただ台北市民のみならず</u>、大都市の住民にとって環境問題は
頭が痛い。

不僅台北市民，對於大城市的居民來說，環境問題相當頭痛。

▶ その問題は<u>ただ本人のみならず</u>、学校にも責任がある。

那個問題不只是本人，學校也有責任。

↘文法 014 ひとり～のみならず

| 意義 | 不僅～（～だけでなく），013 ただ～のみならず的文言用法。 |
| 連接 | ひとり＋【常體】＋ のみならず（例外：名詞及ナ形容詞不加「だ」） |

例句 ▶ ごみの問題は、<u>ひとり</u>わが国<u>のみならず</u>、全世界の問題でもある。

垃圾問題不僅是我國，也是全世界的問題。

▶ その問題は、<u>ひとり</u>田中さんが抱えている<u>のみならず</u>、
社員全体にも共通の問題である。

那個問題不是只有田中先生有，也是全體員工共通的問題。

▶ 喫煙は、<u>ひとり</u>本人に有害である<u>のみならず</u>、周囲の者に
とっても同様である。

抽菸，不只對自己有害，對周圍的人也一樣。

↘文法 015 ～からある／～からの

| 意義 | 多達～、超過～（～もある／～を超える） |
| 連接 | 【名詞】＋ からある／からの |

例句 ▶ ３０キロ<u>からある</u>荷物を背負って、歩いてきた。

背著超過三十公斤的行李走過來。

▶ 1000人<u>からの</u>人が集まった。

聚集了上千人。

▶ 2万人<u>からの</u>署名を集めた。

收集到了超過二萬人的連署。

文法 016 〜とは

意義 竟然〜（〜なんて）

連接 【常體】＋ とは（名詞、ナ形容詞的「だ」常省略）

例句 ▶ あの女優が結婚していたとは知らなかった。

那個女演員居然結婚了，我都不知道。

▶ ここで君に会うとは思ってもみなかった。

想也沒想過，居然會在這裡見到你。

▶ 彼が来るとは驚いた。

他竟然要來，嚇了一跳。

文法 017 〜たりとも

意義 即使〜也〜、連〜（たとえ〜であっても）

連接 【名詞】＋ たりとも

例句 ▶ 一刻たりとも油断できない。

一刻都不容大意。

▶ 試験までは１日たりとも勉強を休むわけにはいかない。

到考試為止一天都不能休息。

▶ 間違いは１字たりとも許さない。

錯誤連一個字都不容許。

文法 018 **～ばこそ**

意義 正因為～才～（～だからこそ / ほかの理由ではない）

連接 【動詞假定形】＋ こそ

例句 ▶ あなたの将来のことを考えればこそ、こんなに厳しく言うのです。

正因為想到你的將來，才會說得這麼嚴厲。

▶ 子供のことを思えばこそ、我慢してきた。

就是因為考慮到孩子，才忍到現在。

▶ 今までの努力があればこそ、今の成功があるのだ。

因為有之前的努力，才會有今日的成功。

文法 019 **～だに**

意義 連～都～、光～就～（～さえ / ～するだけで）

連接 【動詞辭書形 ・ 名詞に】＋ だに

例句 ▶ このような事故が起きるとは、想像するだにしなかった。

居然會發生這樣的意外，連想都沒想過。

▶ 無差別殺人事件は、聞くだに恐ろしい。

隨機殺人事件，光聽就很恐怖。

▶ 優勝するなんて、夢にだに思わなかった。

做夢都沒想到居然會得冠軍。

文法 020 〜といい〜といい

意義 無論〜也好〜也好（〜も〜も）

連接 【名詞】＋といい＋【名詞】＋といい

例句 ▶ 麺といいスープといい、このラーメンは絶品だと思う。

不管是麵還是湯，我覺得這個拉麵是最棒的。

▶ 社長といい部長といい、この会社の幹部は頑固な人ばかりだ。

社長也好、部長也好，這間公司的幹部全是頑固的人。

▶ 彼は人柄といい学問といい、申し分ない。

他人品也好、學識也好，都沒話說。

文法 021 〜なり〜なり

意義 或是〜或是〜、〜也好〜也好（〜でもいい、〜でもいい）

連接 【動詞辭書形‧名詞】＋なり＋【動詞辭書形‧名詞】＋なり

例句 ▶ この野菜は茹でるなり炒めるなりして食べてください。

這個菜請燙來吃或炒來吃。

▶ 困っているなら、先生なり先輩なりに相談しなさい。

要是煩惱的話，找老師或是學長商量。

▶ 中から１つなり２つなり、持って行ってください。

請從中拿一、二個去。

文法 022 ～といわず～といわず

意義 無論～還是～（～だけでなく～だけでなく）

連接 【名詞】＋といわず＋【名詞】＋といわず

例句 ▶ この店は休日といわず平日といわず、客がいっぱいだ。

這家店不管假日還是平日，都是滿滿的客人。

▶ 手といわず足といわず、子供は傷だらけで帰ってきた。

不管是手還是腳，小孩子滿身是傷地回來了。

▶ 太郎の家は部屋の中といわず廊下といわず、ごみでいっぱいだ。

太郎的家無論是房間裡還是走廊上，都滿是垃圾。

文法 023 ～であれ～であれ

意義 無論～還是～（～でも～でも）

連接 【名詞】＋であれ＋【名詞】＋であれ

例句 ▶ 晴天であれ雨天であれ、計画は変更しない。

無論晴天還是雨天，計畫都不會改變。

▶ 大人であれ子供であれ、交通規則は守らなければならない。

無論大人還是小孩，交通規則都一定要遵守。

▶ 男であれ女であれ、服装に気を配るべきだ。

無論男性還是女性，都應該注意服裝。

↘文法
024 **～つ～つ**

意義 時而～時而～（～たり～たり）

連接 【動詞ます形】＋つ＋【動詞ます形】＋つ

例句 ▶ 行きつ戻りつしながら、待っている。

走來走去地等著。

▶ 子供たちは公園で追いつ追われつ、楽しそうに駆け回っている。

小朋友們在公園裡追來追去，快樂地奔跑著。

▶ お互い持ちつ持たれつ、助け合いましょう。

互相扶持、互相幫助吧！

三 複合助詞

（一）「を～」類 MP3-44))

↘文法 025 ～を限りに

意義 以～為限、～為止（～を最後として／～まで）

連接 【名詞】＋ を限りに

例句 ▶ 今日を限りに、タバコをやめることにした。

決定到今天為止，不要再抽菸了。

▶ 「助けて！」と、彼女は声を限りに叫んだ。

她死命地叫「救命呀！」

▶ 卒業を限りに、まったく連絡し合わなくなったクラスメートも
いる。

也有畢業後就互相沒再聯絡過的同學。

↘文法 026 ～をおいて

意義 除了～以外沒有～（～以外に～ない）

連接 【名詞】＋ をおいて

例句 ▶ この仕事をやれる人は彼をおいて、ほかにいないだろう。

能做這件事的人，除了他以外沒有別人了吧！

▶ 先輩_{せんぱい}をおいて、ほかに相談_{そうだん}する人_{ひと}はいない。

除了學長，沒有其他人可以商量。

▶ 彼女_{かのじょ}をおいて適任者_{てきにんしゃ}はいない。

除了她以外，沒有合適的人。

文法 027 〜をもって

意義 以〜、用〜（〜で）

連接 【名詞】＋をもって

例句 ▶ 彼女_{かのじょ}は優秀_{ゆうしゅう}な成績_{せいせき}をもって卒業_{そつぎょう}した。

她以優秀的成績畢業了。

▶ 本日_{ほんじつ}の営業_{えいぎょう}は午後_{ごご}9時_{くじ}をもって終了_{しゅうりょう}させていただきます。

今天的營業將在晚上九點結束。

▶ これをもって閉会_{へいかい}とします。

會議到此為止結束。

文法 028 〜をよそに

意義 不顧〜、無視〜（〜を無視_{むし}して）

連接 【名詞】＋よそに

例句 ▶ あの子_こは親_{おや}の心配_{しんぱい}をよそに、遊_{あそ}んでばかりいる。

那孩子不管父母的擔心，成天都在玩。

▶ 住民の不安<u>をよそに</u>、ダムの建設が始まった。

無視居民的不安，水庫的建設開始了。

▶ 彼は親の期待<u>をよそに</u>、大手企業を退職し、小さな店を開いた。

他不顧父母的期待，離開了大企業，開了一家小店。

文法 029 ～を皮切りに（して）/ ～を皮切りとして

意義 以～為開端（～から始まって）

連接 【名詞】＋を皮切りに（して）/ を皮切りとして

例句 ▶ 田中さんの発言<u>を皮切りにして</u>、みんなが次々に意見を言った。

從田中先生的發言開始，大家一個接著一個地說了意見。

▶ あのピアニストは大阪<u>を皮切りに</u>、各地で演奏会を開く。

那位鋼琴家從大阪開始，要在各地舉行演奏會。

▶ 京都会議の開催<u>を皮切りに</u>、各国の環境問題への関心が高まった。

從召開京都會議開始，各國對於環境問題的關心升高了。

文法 030 ～をものともせずに

意義 不在乎～（～に負けないで）

連接 【名詞】＋をものともせずに

例句 ▶ 周囲の批判<u>をものともせずに</u>、彼は実験を続けた。

不在乎周遭的批評，他持續實驗。

▶ 田中選手はひざのけがを<u>をものともせずに</u>、試合に出場した。

田中選手不在乎膝蓋的傷，出場比賽。

▶ 彼女は親の反対を<u>をものともせずに</u>、留学を決めた。

她不在乎父母的反對，決定留學了。

（二）「に～」類 MP3-45))

↘文法
031　～にあって

意義 在～（～に／～で）

連接 【名詞】＋ にあって

例句 ▶ この非常時<u>にあって</u>、平気でいられることが大切だ。

在這個非常時刻，能平心靜氣是很重要的。

▶ 父は病床<u>にあっても</u>、子供たちのことを気にかけている。

父親即使臥病在床，還是非常關心孩子們。

▶ この病院は心臓移植の分野<u>にあっては</u>、世界的に有名である。

這家醫院在心臟移植的領域上世界知名。

▶文法 032 **〜にして**

意義 ①以〜才〜（〜だから／〜でも）

②既是〜又是〜（〜であって同時に）

連接 【名詞】＋にして

例句 ▶ 人間７０歳にして、初めてできることもある。

有些事，是人到七十歲才第一次做到。

▶ 彼は医者にして、詩人でもある。

他既是醫生，又是詩人。

▶ この年にして、初めて人生のありがたさが分かった。

到了這個年紀，才第一次瞭解到人生的可貴。

▶文法 033 **〜に至って／〜に至る／〜に至るまで**

意義 直到〜（〜になるまで）

連接 【動詞辭書形・名詞】＋に至って／に至る／に至るまで

例句 ▶ 自殺者が出るに至って、関係者は初めて事の重大さを知った。

直到有人自殺，相關人員才開始知道事情的嚴重。

▶ あの会社は、拡大を続けて海外進出に至った。

那間公司持續擴大，甚至擴張到國外。

▶ うちの学校は、髪の毛の長さから靴下の色に至るまで規制する。

我們學校，從頭髮的長度一直到襪子的顏色，都有規定。

文法 034 〜に即して

意義 按照〜、依據〜（〜に従って）

連接 【名詞】＋に即して

例句 ▶ ルール違反の者を、校則に即して処分する。

對於違反規定的人，會依校規處分。

▶ 現実に即して、プランを考える。

依據現實思考計畫。

▶ 経験に即して、それもあり得ることだ。

依經驗，那也是有可能的。

文法 035 〜にひきかえ

意義 和〜相反、與〜不同（〜とは逆に）

連接 【名詞】＋にひきかえ

例句 ▶ 兄にひきかえ、弟はとてもおとなしい。

和哥哥相反，弟弟非常乖。

▶ 冷夏だった去年にひきかえ、今年はとても暑い。

和去年的冷夏不同，今年非常熱。

▶ 去年にひきかえ、今年は大変好調だ。

和去年相反，今年相當順利。

↘文法
036 　〜にもまして

意義 更加〜（〜以上に）

連接 【名詞】＋にもまして

例句 ▶ 以前にもまして、彼は日本語の勉強に励んでいる。

他比以前還努力地學日文。

▶ 試験に受かったことが、何にもましてうれしい。

考試考上了，比什麼都還開心。

▶ 以前にもまして、不安感が募る。

比以前更感到不安。

（三）其他複合助詞 MP3-46))

↘文法
037 　〜とあって

意義 由於〜（〜ので）

連接 【常體】＋とあって（名詞、ナ形容詞的「だ」常省略）

例句 ▶ 連休とあって、遊園地は賑わっている。

由於是連續假日，遊樂場非常熱鬧。

▶ 年に１度のお祭りとあって、町の人はみんな神社へ集まった。

由於是一年一次的祭典，鎮上的人全都往神社聚集。

▶ 久しぶりの再会とあって、ちょっと緊張している。

由於是久別重逢，有點緊張。

文法 038 〜とあれば

意義 如果〜（〜なら）

連接 【常體】+ とあれば（名詞、ナ形容詞的「だ」常省略）

例句
▶ 子供のためとあれば、何でもするつもりだ。

　　如果是為了小孩，我什麼都打算做。

▶ あいつは金のためとあれば、何でもやるだろう。

　　那傢伙為了錢的話，什麼事都做得出來吧！

▶ 必要とあれば、すぐに伺います。

　　如果需要的話，立刻去拜訪您。

文法 039 〜と相まって

意義 與〜相配合、和〜一起（〜と影響し合って）

連接 【名詞】+ と相まって

例句
▶ 才能が人一倍の努力と相まって、今日の成功を見た。

　　天份再加上多其他人一倍的努力，才有今天的成功。

▶ その店の開店日には日曜日と相まって、大勢の客が来た。

　　那家店開幕日加上是星期天，來了許多客人。

▶ 国の政策が国民の努力と相まって、その国は急速な発展を
遂げた。

　　國家的政策再加上國民的努力，那個國家達成了急速的發展。

↘文法 040 〜の至^{いた}り

意義 極為〜（非常^{ひじょう}に〜だ）

連接 【名詞】＋の至^{いた}り

例句 ▶ 皆^{みな}さんが出席^{しゅっせき}してくださいまして、感激^{かんげき}の至^{いた}りです。

各位能夠出席，我真是非常感動。

▶ この賞^{しょう}をいただきまして、光栄^{こうえい}の至^{いた}りでございます。

得到這個獎，真是光榮之至。

▶ お忙^{いそが}しいところをお邪魔^{じゃま}して、恐縮^{きょうしゅく}の至^{いた}りです。

百忙之中打擾您，惶恐之至。

↘文法 041 〜の極^{きわ}み

意義 極為〜（非常^{ひじょう}に〜だ）

連接 【名詞】＋の極^{きわ}み

例句 ▶ この世^よの幸^{しあわ}せの極^{きわ}みとは何^{なん}でしょうか。

這世上最幸福的事是什麼呢？

▶ ここで断念^{だんねん}するのは遺憾^{いかん}の極^{きわ}みだ。

在這裡放棄，真是非常遺憾。

▶ 何^{なん}10万円^{じゅうまんえん}もするバッグを買^かうなんて、ぜいたくの極^{きわ}みだ。

連要幾十萬日圓的包包也買，真是奢侈到了極點。

文法 042 〜はおろか

意義 不用說〜連〜（〜はもちろん）

連接 【名詞】＋はおろか

例句 ▶ 彼は日本に5年もいたのに、簡単な会話はおろか、日本語で
あいさつもできない。

他明明在日本待了有五年，但是不要說簡單的對話，就連用日文打招呼都
不會。

▶ 私は家はおろか、車も買えない。

我不要說房子，連車子都買不起。

▶ 金はおろか、命まで奪われた。

不要說錢，連命也被奪走了。

四 接續用法 MP3-47))

文法 043 〜が早（はや）いか

意義 剛〜就〜（〜と、すぐに）

連接 【動詞辭書形・た形】＋ が早（はや）いか

例句 ▶ 終了（しゅうりょう）のベルが鳴（な）るが早（はや）いか、弁当（べんとう）を出（だ）して食（た）べ始（はじ）めた。

下課鐘一響起，就拿出便當開始吃了。

▶ あの子（こ）は帰（かえ）るが早（はや）いか、遊（あそ）びに行（い）った。

那孩子一回家，就跑出去玩了。

▶ 聞（き）くが早（はや）いか、家（いえ）を飛（と）び出（だ）した。

一聽到，就立刻衝出了家門。

注意 句子的「後件」為「人的意志動作」。

文法 044 〜や否（いな）や ／ 〜や

意義 剛〜就〜（〜と、すぐに）

連接 【動詞辭書形】＋ や否（いな）や ／ や

例句 ▶ 車（くるま）が止（と）まるや否（いな）や飛（と）び降（お）りた。

車子剛停，就立刻跳下車。

▶ 部長（ぶちょう）は事務室（じむしつ）に戻（もど）るや否（いな）や、あちこちに電話（でんわ）をかけ始（はじ）めた。

部長一回到辦公室，就開始到處打電話。

▶ 太郎は起きる<u>や</u>飛び出していった。

太郎一起床就衝出門了。

注意 句子的「後件」，通常是「意料之外的事情」。

↘文法 045 ～そばから

意義 剛～就～（～しても、すぐに）

連接 【動詞辭書形・た形】＋ そばから

例句 ▶ 商品を店頭に並べる<u>そばから</u>、売れていった。

商品一上架，就銷售一空。

▶ 部屋を片付ける<u>そばから</u>、子供が散らかす。

剛整理好房間，小孩就弄得亂七八糟。

▶ 習う<u>そばから</u>忘れる始末だ。

才剛學，立刻就忘了。

注意 此句型表達「習慣性、反覆的行為」。

↘文法 046 ～なり

意義 剛～就～（～と、すぐに）

連接 【動詞辭書形】＋ なり

例句 ▶ 花子はビールを一口飲む<u>なり</u>、吐き出した。

花子剛喝了一口啤酒，就吐了出來。

▶ 太郎は帰る<u>なり</u>、部屋へ閉じこもってしまった。
たろう　かえ　　　　　　へや　と

太郎一回家，就躲在房間不出來。

▶ 一目見る<u>なり</u>、病気だと分かった。
ひとめみ　　　　　びょうき　　わ

看一眼，就知道生病了。

注意 常用來表達「沒預測到的事情」。

文法 047 〜ながらに

意義 〜著、保持〜狀態、同時〜（〜ままの状態で）
じょうたい

連接 【動詞ます形・名詞】＋ ながらに

例句 ▶ 家にい<u>ながらに</u>、インターネットで買い物ができる。
いえ　　　　　　　　　　　　　　　　　　　　か　もの

儘管在家裡，用網路就能購物。

▶ 彼女には生まれ<u>ながらに</u>備わっている才能がある。
かのじょ　　う　　　　　　　　　そな　　　　　　さいのう

她有與生俱來的才能。

▶ 彼女は涙<u>ながらに</u>、事件の状況を語った。
かのじょ　なみだ　　　　　じけん　じょうきょう　かた

她流著眼淚，訴說了案發的狀況。

文法 048 〜ながらも

意義 雖然〜可是〜（〜けれども）

連接 【動詞ます形・ない形・イ形容詞・ナ形容詞・名詞】＋ ながらも

例句 ▶ 新しい事務所は狭い<u>ながらも</u>、駅に近い。
あたら　　じむしょ　　せま　　　　　　　えき　ちか

新辦公室雖然小，但離車站很近。

▶ このカメラは小型ながらも、優れた機能を備えている。

這台相機雖然很小，但具備優異的功能。

▶ 貧しいながらも幸せに暮らしている。

雖然貧窮，但過著幸福的日子。

文法 049 ～（よ）うが／～（よ）うと

意義 即使～也～、不管是～（～しても／～でも）

連接【動詞意向形・イ形容詞（~~い~~かろう）・ナ形容詞（だろう）・名詞（だろう）】＋が／と

例句 ▶ 別れた恋人が誰と結婚しようが、私とはもう関係ない。

分手的情人要和誰結婚，跟我已經沒關係了。

▶ どんなに辛かろうが、我慢してください。

不管多難過，都請忍耐。

▶ 何をしようと私の勝手だ。

不管要做什麼，我愛怎樣就怎樣。

↘文法
050 ～（よ）うが～まいが／
～（よ）うと～まいと

意義 不管要～不要～、不管會～不會～（～しても～しなくても）

連接 【動詞意向形】＋が＋【動詞辭書形】＋まいが／
【動詞意向形】＋と＋【動詞辭書形】＋まいと

例句 ▶ 君が行こうが行くまいが、私には関係ない。

不管你要不要去，都和我沒關係。

▶ 雨が降ろうが降るまいが、出かけます。

不管會不會下雨，都要出門。

▶ 彼が出席しようとしまいと、僕の知ったことではない。

他要不要出席，不是我知道的事。

↘文法
051 ～なくして（は）

意義 如果沒有～（～がなければ）

連接 【名詞】＋なくして（は）

例句 ▶ 親の愛情なくしては、子供は育たない。

沒有父母的愛，小孩不會成長。

▶ 皆様のご協力なくしては、成功できなかったでしょう。

沒有各位的協助，是不能成功的吧！

▶ 親の援助なくしては、生きてはいけない。

沒有父母的幫助，無法活下去。

文法 052 ～ないまでも

意義 雖然不～、即使不～（～ないけれど／～ないにしても）

連接【動詞（ない）形】＋ないまでも

例句 ▶ 可能性がないとは言わないまでも、ゼロに近い。

雖然不能說完全沒有可能性，但接近零。

▶ 夕食作りをしないまでも、食器洗いぐらい手伝いなさい。

即使不做晚餐，至少也幫忙洗個碗！

▶ 病院に行かないまでも、見舞い状くらいは出しておこう。

就算不去醫院，至少先寄封慰問卡。

文法 053 ～なしに（は）

意義 如果沒有～（～しないで）

連接【名詞】＋なしに（は）

例句 ▶ 許可なしに、この部屋に入らないでください。

如果沒有許可，請不要進入這個房間。

▶ 努力することなしに、成功できない。

如果沒有努力，就無法成功。

▶ 約束なしに突然訪ねても、社長には会えないだろう。

沒有約好就突然拜訪，也見不到社長吧！

文法 054 〜ならでは

意義 只有〜才能〜（ただ〜だけができる）

連接 【名詞】＋ ならでは

例句 ▶ この料理は手作りならではのおいしさだ。

這道菜是手工才有的美味。

▶ この祭りは京都ならではの光景だ。

這個祭典是京都才有的景象。

▶ これは日本ならではの料理だ。

這是只有日本才有的菜。

文法 055 〜が最後 / 〜たら最後

意義 一旦〜的話、一〜就完了（〜したら、もう終わりだ / だめだ）

連接 【動詞た形】＋ が最後 /【動詞た形】＋ ら ＋ 最後

例句 ▶ 彼は寝入ったが最後、どんなことがあっても、絶対に目を
覚まさない。

他一旦睡著了，不管發生什麼事，絕對都醒不過來。

▶ 課長はマイクを握ったが最後、決して放そうとはしない。

課長一旦拿到麥克風，絕對不會放手。

▶ 行ったら最後、2度と戻っては来られない。

一旦去了之後，就不會再回來。

文法 056 〜いかん / 〜いかんによって

意義 取決於〜、要看〜如何（〜によって / 〜次第で）

連接 【名詞（の）】＋いかん / いかんによって

例句 ▶ このスポーツ大会が成功するかしないかは天気いかんだ。

這個運動會，會不會成功要看天氣。

▶ 要は君の態度いかんだ。

關鍵在於你的態度。

▶ 試験の成功は努力いかんによって定まる。

考試的成功依努力決定。

文法 057 〜いかんによらず / 〜いかんにかかわらず

意義 不管〜（〜に関係なく）

連接 【名詞の】＋いかんによらず / いかんにかかわらず

例句 ▶ 理由のいかんによらず、欠勤は欠勤だ。

不管理由為何，缺勤就是缺勤。

▶ サッカーの試合は天気のいかんにかかわらず、行われます。

足球比賽不管天氣如何都會舉行。

▶ 会社の規模のいかんにかかわらず、労働者の権利は
守られるべきである。

不管公司規模如何，勞工的權利應該被保護。

↘文法
058 **～ではあるまいし / ～じゃあるまいし**

意義 又不是～（～ではないのだから）

連接 【名詞】＋ ではあるまいし / じゃあるまいし

例句 ▶ 子供ではあるまいし、馬鹿なことはやめよう。

又不是小孩子，不要做蠢事了！

▶ 神様じゃあるまいし、そんなことができるはずがない。

又不是神仙，那樣的事不可能做得到。

▶ 素人じゃあるまいし、こんなこともできないのか。

又不是外行人，這種事也不會嗎？

↘文法
059 **～ときたら**

意義 說到～（後面接續令人困擾的事）（～は困ったものだ）

連接 【名詞】＋ ときたら

例句 ▶ あの店ときたら、高くて味もまずい。

說到那家店呀，又貴又難吃。

▶ 太郎ときたら、いつも遅れてくる。

說到太郎呀，總是遲到。

▶ うちの課長ときたら、口で言うだけで何も実行しない。

說到我們課長呀，光說不練。

文法 060 〜とはいえ

意義 雖說〜但是〜（〜といっても）

連接 【常體】＋ とはいえ（名詞、ナ形容詞的「だ」常省略）

例句 ▶ 日曜日とはいえ、働かなければならない。

雖然說是星期天，但還是得工作。

▶ 彼は大学生とはいえ、高級車を持っている。

他雖然是個大學生，但擁有高級車。

▶ 休みたいとはいえ、休むわけにはいかない。

雖說想休息，但不能休息。

文法 061 〜といえども

意義 雖說〜、即使〜（〜けれども／〜ても／〜でも）

連接 【常體】＋ といえども（名詞、ナ形容詞的「だ」常省略）

例句 ▶ 国王といえども、法は犯せない。

即使是國王，也不能犯法。

▶ 子供といえども、これを知っている。

就算是小孩，也知道這個。

▶ 関係者といえども、入ることはできない。

即使是相關人員，也不能進入。

↘文法
062 〜と思いきや

意義 原以為〜誰知道〜（〜と思っていたが、意外に）

連接 【常體】＋と思いきや（名詞、ナ形容詞的「だ」常省略）

例句 ▶ 雨が止んだと思いきや、また降り出してきた。

本以為雨停了，結果又下起來了。

▶ 独身と思いきや、結婚していて３人も子供がいた。

本以為單身，結果已經結了婚、還有三個小孩。

▶ 頑固な父は反対するかと思いきや、何も言わずにうなずいた。

本以為頑固的父親會反對，但卻什麼也沒說的點頭了。

↘文法
063 〜ともなく／〜ともなしに

意義 無意中〜、不經意地〜（特に〜する気もなく）

連接 【動詞辭書形】＋ともなく／ともなしに

例句 ▶ 見るともなくテレビを見ていたら、友人が番組に出ていた。

看著電視無意間，朋友出現在節目中。

▶ 日曜日は何をするともなしに、ぼんやり過ごしてしまった。

星期天沒有做什麼，無意間就這樣糊裡糊塗地過去了。

▶ ラジオを聞くともなく聞いていたら、地震のニュースが耳に
入ってきた。

聽收音機無意間，聽到了地震的消息。

文法 064 〜ともなると / 〜ともなれば

意義 一旦〜理所當然〜（〜になると、当然）

連接 【動詞辭書形・名詞】＋ ともなると / ともなれば

例句 冬ともなると、スキー場はスキー客で賑わうようになる。

一到了冬天，滑雪場理所當然因為滑雪的遊客變得熱鬧。

▶ 大学4年生ともなると、将来のことをいろいろ考えなければ
ならない。

一到了大學四年級，理所當然不得不考慮將來的事。

▶ 主婦ともなれば、自由な時間はなくなる。

一成為家庭主婦，理所當然自由的時間都沒了。

文法 065 〜とばかりに

意義 顯出非常〜的樣子（いかにも〜という様子で）

連接 【常體】＋ とばかりに（名詞、ナ形容詞的「だ」常省略）

例句 ▶ 彼女は残念だとばかりに、ため息をついてしまった。

她露出非常遺憾的樣子，嘆了口氣。

▶ あの子は先生なんか嫌いとばかりに、教室を出て行って
しまった。

那孩子露出非常討厭老師的樣子，離開了教室。

▶ 父は疲れたとばかりに、道端に座りこんでしまった。

父親露出非常累的樣子，在路邊坐了下來。

↘文法 066 〜んばかりに

意義 差點要〜（ほとんど〜しそうな様子で）

連接 【動詞（ない）形】＋んばかりに（「する」→「せんばかりに」）

例句 ▶ 彼は「早く帰れ」と言わんばかりに、横を向いてしまった。

他好像差點就要說「快點滾！」一樣地撇過頭去。

▶ 花子は泣かんばかりに、「さようなら」と言いながら、別れて行った。

花子差點就要哭出來似的，一邊說「再見」一邊就走了。

▶ 今にも土下座せんばかりに、頭を下げて何度も頼んだ。

差點就要跪伏在地似的，低頭行禮拜託了好幾次。

↘文法 067 〜んがため

意義 為了要〜（〜しようと思って、そのために）

連接 【動詞（ない）形】＋んがため（「する」→「せんがため」）

例句 ▶ 試験に受からんがために、一生懸命勉強している。

為了要考上，拚命讀書。

▶ これは生きんがための仕事だ。

這是為了生活的工作。

▶ 子供の命を救わんがために、危険を冒す。

為了救小孩的性命而冒險。

文法 068 〜にかかわる

意義 攸關〜、關係到〜（〜に重大な関係がある）

連接 【名詞】＋ にかかわる

例句 ▶ 命にかかわる病気をした。

得了攸關性命的病。

▶ 教育は子供の将来にかかわることだ。

教育是攸關小孩未來的事。

▶ 貿易にかかわる仕事がしたい。

想做和貿易有關的工作。

文法 069 〜ゆえに / 〜ゆえの

意義 由於〜（〜ために）

連接 【名詞修飾形】＋ ゆえに / ゆえの

（ナ形容詞後的「な」、名詞後的「の」常省略）

例句 ▶ 体が弱いゆえに、よく休む。

由於身體不好，所以常常請假。

▶ 彼女は優しすぎるゆえに、いつも悩んでいる。

由於她太替人著想了，所以總是煩惱著。

▶ 家が貧しいゆえに、進学できない。

由於家貧，無法升學。

文法 070 〜かたわら

意義 一面〜一面〜（〜一方で）

連接 【動詞辭書形・名詞の】＋ かたわら

例句 ▶ 私は昼間は工場で働くかたわら、夜は学校に通い勉強している。

我一面白天在工廠工作，一面晚上在讀夜校。

▶ 太郎は大学に通うかたわら、塾で英語講師をしている。

太郎一面讀大學，一面在補習班當英文老師。

▶ 勉強のかたわら、家の仕事を手伝っている。

一面讀書，一面幫忙家裡的工作。

文法 071 〜べからざる

意義 不應該〜、不可（〜べきではない）

連接 【動詞辭書形】＋ べからざる ＋【名詞】

例句 ▶ それは許すべからざる行為だ。

那是不可原諒的行為。

▶ 川端康成は日本の文学史上、欠くべからざる作家だ。

川端康成是日本文學史上不可或缺的作家。

▶ この商品は生活に欠くべからざるものだ。

這項產品是生活中不可或缺的東西。

▶文法 072 〜べく

意義	為了〜（〜するために）

連接	【動詞辭書形】＋べく（「する」常用「すべく」形式）

例句 ▶ 日本文学を研究すべく、留学する。

　　為了研究日本文學而留學。

▶ 田村さんを見舞うべく、病院に行く。

　　為了探望田村先生而去醫院。

▶ 成功すべく、全力を尽くす。

　　為了成功，全力以赴。

▶文法 073 〜まじき

意義	不應該〜、不可以〜（当然〜てはいけない）

連接	【動詞辭書形】＋まじき＋【名詞】
	（「する」常用「すまじき」形式）

例句 ▶ それは学生としてあるまじき行為だ。

　　那是作為學生不應有的行為。

▶ あの大臣は言うまじきことを言ってしまい、辞職に追いやられた。

　　那位大臣說了不該說的話，被迫辭職了。

▶ 社長の命令を無視するとは、社員にあるまじき態度だ。

　　無視社長的命令，是員工不該有的態度。

↘文法
074 ～ごとき / ～ごとく

意義 如～（～のよう）

連接【動詞辭書形・た形・名詞の】＋ ごとき / ごとく

例句 ▶ 上記のごとく、研究会の日程が変更になりました。

如上所述，研討會的行程更動了。

▶ 時間は矢のごとく過ぎ去った。

光陰似箭飛逝。

▶ 予想したごとく、あのチームが勝った。

如同預測的，那一隊獲勝了。

五 句尾用法 MP3-48))

文法 075 ～かぎりだ

意義 極為～、非常～（とても～だ）

連接 【名詞修飾形】＋ かぎりだ

例句 ▶ 幼いとばかり思っていた太郎君だが、実に頼もしいかぎりだ。

太郎同學年紀雖小，但卻相當值得信賴。

▶ 陳君は日本語が実にうまい。うらやましいかぎりだ。

陳同學日文真是棒。好羨慕呀！

▶ 田中さんも木村さんも帰国してしまった。寂しいかぎりだ。

田中先生和木村先生都回國了。好寂寞呀！

文法 076 ～きらいがある

意義 有點～、～之嫌（～の傾向がある）

連接 【動詞辭書形・名詞の】＋ きらいがある

例句 ▶ 田中さんは聞きたくないことは耳に入れないというきらいがある。

不想聽的事，田中先生常常充耳不聞。

▶ 最近の学生は自分で考えず、教師に頼るきらいがある。

最近的學生有不自己思考、依賴老師的傾向。

▶ 彼はいい男だが、酒を飲みすぎる<u>きらいがある</u>。

他是個好男人，不過有飲酒過量的傾向。

文法 077 **〜べからず**

意義 禁止〜、不可以（〜てはいけない）

連接 【動詞辭書形】＋ べからず（「する」常用「すべからず」形式）

例句 ▶ 「芝生に入る<u>べからず</u>」

「禁止進入草坪。」

▶ 「人のものを盗む<u>べからず</u>」

「不可以偷別人的東西。」

▶ 「作品に触る<u>べからず</u>」

「不可以觸摸作品。」

文法 078 **〜しまつだ**

意義 落得〜結果、到〜地步（〜という悪い結果になる）

連接 【名詞修飾形】＋ しまつだ

例句 ▶ 手が痛くて、筆も持てない<u>しまつだ</u>。

手痛到連筆都拿不起來。

▶ 花子は両親とけんかして、ついに家出までする<u>しまつだ</u>。

花子和父母吵架，最後還離家出走。

▶ ちょっと怒ったら、しまいには泣き出すしまつだ。

只是稍微生氣一下，結果卻哭了出來。

▶文法 079 〜ずにはすまない／〜ないではすまない

意義 不〜不行、不〜無法解決（〜なければ、事態が解決しない）

連接 【動詞（ない）形】＋ ずにはすまない／ないではすまない

（「する」→「せずにはすまない」）

例句 ▶ 検査の結果で、手術せずにはすまない。

以檢查的結果來看，不動手術不行。

▶ 田中さんの携帯を壊してしまったから、買って
返さないではすまない。

弄壞了田中的手機，不買來還他不行。

▶ 人にお金を借りたら、返さずにはすまない。

向人家借錢，不還不行。

▶文法 080 〜ずにはおかない／〜ないではおかない

意義 勢必〜、非〜不可（必ず〜する／絶対に〜する）

連接 【動詞（ない）形】＋ ずにはおかない／ないではおかない

（「する」→「せずにはおかない」）

例句 ▶ 彼女の演技は観客を感動させずにはおかない。

她的演技勢必讓觀眾感動。

▶ 大臣のあの発言は、波紋を呼ばずにはおかないだろう。

大臣的那個發言，勢必產生影響。

▶ またそんなことをしたら、罰を与えないではおかない。

要是再做那種事，非處罰不可。

↘文法
081 **〜を禁じ得ない**

意義 禁不住〜、不禁〜（〜を抑えられない）

連接 【名詞】＋ を禁じ得ない

例句 ▶ 今回の国の対応には、疑問を禁じ得ない。

這次國家的對應，不禁讓人產生疑問。

▶ 元首相の突然の訃報に、国民は驚きを禁じ得なかった。

聽到前首相突然的訃報，國民不禁驚訝萬分。

▶ この不公平な判決には、怒りを禁じ得ない。

對於這個不公平的判決，不禁相當憤怒。

↘文法
082 **〜を余儀なくされる /**
〜を余儀なくさせる

意義 不得已〜、不得不〜（仕方がなく〜される /
仕方がなく〜させられる / 仕方がなく〜させる）

連接 【名詞】＋ を余儀なくされる / を余儀なくさせる

例句 ▶ 父親の死は、太郎の退学を余儀なくさせた。

父親的死，讓太郎不得不休學。

▶ マラソン大会は台風のために中止を余儀なくされた。

因為颱風，馬拉松賽不得不中止。

▶ 会社に大損害を与えた部長は、辞任を余儀なくされた。

給公司帶來很大損害的部長，不得不辭職。

文法 083 ～でなくてなんだろう

意義	不是～又是什麼呢、正是～（正にこれこそだ / 絶対に～だ）
連接	【名詞】＋ でなくてなんだろう

例句 ▶ 飛行機事故に遭ったにも関わらず、彼女は無事だった。これが奇跡でなくてなんだろう。

飛機墜機她卻平安無事。這不是奇蹟是什麼呢？

▶ 親はみな、子供のためなら死んでもかまわないとまで思う。これが愛でなくてなんだろう。

為人父母者，都覺得為了小孩的話，甚至死也沒關係。這就是愛呀！

▶ 彼と再会できるなんて、これが運命でなくてなんだろう。

能和他重逢，這不是命運是什麼呢？

↳文法 084 〜てやまない

意義 一直〜、衷心地（ずっと〜し続（つづ）けている）

連接 【動詞て形】＋ やまない

例句 ▶ 幸（しあわ）せをお祈（いの）りしてやみません。

　　幸心祝你幸福。

▶ 君（きみ）の成功（せいこう）を願（ねが）ってやみません。

　　衷心希望你成功。

▶ 戦争（せんそう）のない平和（へいわ）な世界（せかい）を念願（ねんがん）してやまない。

　　衷心希望沒有戰爭的和平世界。

↳文法 085 〜までだ / 〜までのことだ

意義 ①只是〜（〜しただけなのだ）

　　②只好〜（〜以外（いがい）に方法（ほうほう）はない）

連接 ①【動詞常體】＋ までだ / までのことだ

　　②【動詞辭書形】＋ までだ / までのことだ

例句 ▶ 本当（ほんとう）のことを言（い）ったまでだ。

　　我只是說真話。

▶ 大雪（おおゆき）で電車（でんしゃ）が止（と）まったら、歩（ある）いて帰（かえ）るまでだ。

　　電車因大雪而停開的話，只好走路回家。

▶ やってみて、できなければやめるまでのことだ。

　　做做看，如果不行的話，只好罷手。

文法 086 〜ばそれまでだ

意義 〜的話〜就完了、〜的話〜也沒有用

（〜たら、それですべてが終わりだ）

連接 【動詞假定形】＋それまでだ

例句 ▶ 携帯は水に濡れればそれまでだ。

手機被水弄濕的話就完了。

▶ どんなにいい辞書があっても、使わなければそれまでだ。

不管有多好的字典，如果不使用，那也沒用。

▶ いくら一生懸命講義のノートをとっても、
勉強しなければそれまでだ。

再怎麼認真地記上課筆記，如果不讀書也沒用。

文法 087 〜までもない

意義 不需要〜、用不著〜（〜必要はない／〜なくてもいい）

連接 【動詞辭書形】＋までもない

例句 ▶ 簡単だから、わざわざ説明するまでもない。

因為很簡單，所以不需要刻意說明。

▶ 電話で済むのなら、会って相談するまでもない。

如果用電話就可以解決的話，就用不著見面談。

▶ そんなことは言うまでもない。

那種事不用說。

文法
088 　～ないでもない / ～ないものでもない

意義　未必不～、不是不～（～可能性がある）

連接　【動詞ない形】＋ でもない / ものでもない

例句 ▶ ビールは飲まないでもないが、ウイスキーのほうがよく飲む。

啤酒不是不喝，不過比較常喝威士忌。

▶ 条件によっては、引き受けないものでもない。

依條件，也未必不接受。

▶ 彼の気持ちは分からないでもない。

也不是不了解他的心情。

文法
089 　～といったらない /
　～といったらありはしない /
　～といったらありゃしない

意義　沒有比～更～的了、極為～（非常に～だ）

連接　【常體】＋ といったらない / といったらありはしない /
　といったらありゃしない（例外：名詞及ナ形容詞不加「だ」）

例句 ▶ 親友の田中さんが突然亡くなってしまって、
悲しいといったらなかった。

田中先生這個好朋友突然過世了，非常地難過。

▶ 弟の部屋の汚さといったらありゃしない。

沒有比弟弟的房間更髒的了。

▶ 褒められた時のうれしさ<u>といったらない</u>。

再也沒有比被稱讚時更開心的了。

文法 090 ～に足る

意義 足以～、值得～（十分である／価値がある）

連接 【動詞辭書形・名詞】＋ に足る

例句 ▶ 木村さんは信頼する<u>に足る</u>人物だ。

木村先生是個值得信賴的人。

▶ 性格といい成績といい、彼は推薦する<u>に足る</u>学生だろう。

個性也好、成績也好，他是個值得推薦的學生吧！

▶ ウーロン茶は誇る<u>に足る</u>名産だ。

烏龍茶是足以自豪的名產。

文法 091 ～にたえる ／ ～にたえない

意義 值得～／不值得～（～するほど価値がある／ない）

連接 【動詞辭書形・名詞】＋ にたえる／にたえない

例句 ▶ あれは鑑賞<u>にたえる</u>映画だ。

那是部值得一看的電影。

▶ あの番組はひどくて、見る<u>にたえない</u>。

那個節目很糟糕，不值得看。

▶ その話は聞くにたえない。

那件事不值得聽。

〜に（は）あたらない

意義 不需要〜、用不著〜（〜ほどのことではない）

連接 【動詞辭書形・名詞】＋に（は）あたらない

例句 ▶ あのまじめな林君が日本語能力試験に合格したことは、
驚くにはあたらない。

那個認真的林同學日本語能力測驗通過，不需要驚訝。

▶ まだ新入社員だから、叱るにはあたらない。

因為還是新進員工，所以用不著責備。

▶ 遠慮するにはあたらない。

用不著客氣。

〜にかたくない

意義 不難〜（簡単に〜できる）

連接 【動詞辭書形・名詞】＋にかたくない

例句 ▶ こうなったのは想像にかたくない。

會變成這樣，不難想像。

▶ 親の心配は察するにかたくない。

父母的擔心不難察覺。

▶ 計画の失敗は想像にかたくない。

計畫的失敗，不難想像。

↘文法
094 ～（よ）うにも～ない

意義 想～也沒辦法（～したいのに、できない）

連接【動詞意向形】＋ にも ＋【動詞ない形】

例句 ▶ 台風で家から出ようにも出られない。

因為颱風，想出門也沒辦法。

▶ 高熱で起きようにも起きられなかった。

因為發高燒，想起床也起不來。

▶ 電話番号が分からないので、知らせようにも知らせられない。

因為不知道電話號碼，所以想通知也沒辦法。

六 形式名詞

（一）「もの」相關用法 MP3-49))

↘文法 095 ～ものを

意義 可是～（～のに）

連接 【名詞修飾形】＋ ものを

例句 ▶ すぐに病院に行けばいいものを行かなかったから、ひどくなって
しまった。

早點去醫院就好了，但是因為沒有去，結果變嚴重了。

▶ 早く来てくれればいいものを。

你早一點來就好了呀！

▶ やればできるものを、やらなかった。

如果做的話就做得到，但是沒做。

↘文法 096 ～てからというもの

意義 自從～後一直（～てから、ずっと）

連接 【動詞て形】＋ からというもの

例句 ▶ タバコをやめてからというもの、体の調子がいい。

自從戒菸之後，身體狀況非常好。

▶ 子供が生まれてからというもの、妻と映画を見に行ったことが
ない。

自從小孩出生之後，就沒和太太去看過電影。

▶ 木村さんが帰国してからというもの、寂しくてどうしようもない。

自從木村先生回國後，就寂寞到不知如何是好。

（二）「こと」相關用法 MP3-50))

↘文法 097　～ことなしに / ～なしに

意義　不～、沒有～（～しないで）

連接　【動詞辭書形】＋ ことなしに /【名詞】＋ なしに

例句 ▶ 努力することなしに、成功できるはずがない。

沒有努力，就不可能會成功。

▶ 2時間、休息なしに山を登り続けた。

二個小時沒有休息持續爬山。

▶ 彼は連絡なしに会社を休んだ。

他完全沒聯絡就沒來公司。

↘文法 098 ～こととて

| 意義 | 因為～所以～（～ので） |
| 連接 | 【名詞修飾形】＋ こととて |

例句 ▶ 休み中のこととて、連絡がつかなかった。

由於現在是休息中，所以聯絡不上。

▶ 仕事に慣れぬこととて、ご迷惑をおかけしてすみませんでした。

由於不熟悉工作，所以造成困擾，非常抱歉。

▶ 年金生活のこととて、ぜいたくはできない。

由於過著領年金的生活，所以不能奢侈。

↘文法 099 ～もさることながら

意義	～就不用說了、～也不容忽視
	（～はもちろん～も／～も無視できない）
連接	【名詞】＋ もさることながら

例句 ▶ あのレストランは料理もさることながら、眺めもすばらしい。

那家餐廳的菜沒話說，風景也很棒。

▶ 彼は英語もさることながら、日本語も堪能だ。

他英文沒話說，日文也很棒。

▶ 親の期待もさることながら、学校の先生からの期待も大きい。

不用說父母的期待，學校老師也有相當大的期待。

（三）「ところ」相關用法 MP3-51))

文法 100 〜たところで

意義 即使〜（〜しても、もう遅い）

連接 【動詞た形】＋ところで

例句 ▶ 今から走って行ったところで、もう間に合わないだろう。

　　就算現在跑過去，也來不及吧！

▶ どんなにがんばったところで、彼に敵うはずがない。

　　不管再怎麼努力，還是比不上他。

▶ あの人に頼んだところで、どうにもならないだろう。

　　就算拜託那個人，也改變不了什麼吧！

文法 101 〜としたところで／〜にしたところで／
〜としたって／〜にしたって

意義 儘管〜、即使〜也〜（〜してもだめである／してもよい結果にはならない）

連接 【常體】＋としてところで／にしたところで／としたって／
にしたって（名詞、ナ形容詞的「だ」常省略）

例句 ▶ 今さら説明しようとしたところで、分かってはもらえないだろう。

　　事到如今即使想要解釋，也不會被接受吧！

▶ 理由があるにしたって、人を傷つけてはいけない。

　　就算有理由，也不可以傷害人。

▶ 私_{わたし}としたところで、それほど自信_{じしん}はない。

就算是我，也沒那麼有自信。

文法 102 ～ところを

意義 ～之中還～、～之時還～（～時_{とき}に、～状況_{じょうきょう}なのに）

連接 【名詞修飾形】+ ところを

例句 ▶ お忙_{いそが}しいところをすみません。

百忙之中，非常抱歉。

▶ お仕事中_{しごとちゅう}のところをお邪魔_{じゃま}してすみません。

工作中還打擾你，非常抱歉。

▶ 危_{あぶ}ないところを助_{たす}けていただき、本当_{ほんとう}にありがとうございました。

在危險的時候獲得您的幫助，真是非常感謝。

文法 103 ～というところだ / ～といったところだ

意義 大概～、差不多～（～くらいだ / ～ぐらいだ）

連接 【動詞辭書形・名詞】+ というところだ / といったところだ

例句 ▶ アルバイトだから、時給_{じきゅう}は９００円_{きゅうひゃくえん}といったところだ。

因為是打工，所以時薪差不多是九百日圓左右。

▶ 来週_{らいしゅう}ぐらいに、初級_{しょきゅう}の授業_{じゅぎょう}が終_おわるというところだ。

下個星期前後，初級的課程差不多會結束。

▶ 彼の運転の腕はまあまあといったところだ。

他的開車技術大概就是普普通通。

補充
敬語

　　敬語的表達，在日語學習中是極重要的一環，新日檢N1考試當然也不會漏掉這一塊。敬語可分「尊敬語」、「謙讓語」以及「美化語」。「尊敬語」和「謙讓語」是最常出題的，只要掌握：描述「說話者自己的行為」時應使用「謙讓語」；描述「對方的行為」時應使用「尊敬語」這個訣竅，應該可以輕鬆選出答案。而「美化語」和動作無關，只要記住幾項特定變化即可。

（一）一般敬語

尊敬語	動詞	謙讓語
①～（ら）れます 読（よ）まれます ②お ます形 になります お読（よ）みになります	和語動詞（～ます） 読（よ）みます 讀	お ます形 します お読（よ）みします
ご／お 名詞 になります ご注文（ちゅうもん）になります 點餐、訂購	漢語動詞（名詞します） 説明（せつめい）します 說明 電話（でんわ）します 打電話	ご／お 名詞 します ご説明（せつめい）します お電話（でんわ）します
お ます形 ください お読（よ）みください	～てください 請～ 読（よ）んでください	―

（二）特殊敬語（入門）

尊敬語	動詞	謙讓語
いらっしゃいます おいでになります	行^いきます 去	参^{まい}ります
	来^きます 來	
	います 在	おります
召^めし上^あがります	食^たべます 吃	いただきます
	飲^のみます 喝	
なさいます	します 做	致^{いた}します
おっしゃいます	言^いいます 說	申^{もう}します
―	あげます 給	さしあげます
―	もらいます 獲得、得到	いただきます
くださいます	くれます 給我	―

（三）特殊敬語（進階）

尊敬語	動詞	謙譲語
ご覧になります	見ます 看	拝見します
―	会います 見面	お目にかかります
―	見せます 讓人看	お目にかけます ご覧に入れます
―	聞きます 問	伺います
―	訪ねます / 尋ねます 拜訪 / 詢問	
―	訪問します 拜訪	
ご存知です	知っています 知道	存じております 存じ上げています
―	知りません 不知道	存じません
―	思います 認為	存じます
お休みになります	寝ます 睡覺	―

（四）特殊敬語（高級）

尊敬語	動詞	謙譲語
お見えになります お越しになります	来ます 來	―
―	聞きます 聽	承ります 拝聴します
―	借ります 借	拝借します
―	もらいます 獲得、得到	賜ります 頂戴します
―	分かります 了解 引き受けます 接受	承知します かしこまります

（五）美化語

普通用語	美化語
あります 有	ございます
～です 是～	～でございます
ありがたいです 謝謝	ありがとうございます

おめでたいです 恭喜	おめでとうございます
はやいです 早	おはようございます
よろしいですか 可以嗎？	よろしゅうございますか

（六）補助動詞敬語

尊敬語	動詞	謙譲語
〜ていらっしゃいます	〜ています 〜著	〜ております
―	〜ていきます 〜去 〜てきます 〜來	〜てまいります
〜てご覧になります	〜てみます 試著〜	―
―	〜てあげます 我幫〜	〜てさしあげます
―	〜てもらいます 請〜幫我〜	〜ていただきます
〜てくださいます	〜てくれます 幫我〜	―

新日檢N1言語知識（文字‧語彙‧文法）全攻略

第四單元
模擬試題+完全解析

　　三回模擬試題，讓您在學習之後立即能測驗自我實力。若是有不懂之處，中文翻譯及解析更能幫您了解盲點所在，補強應考戰力。

模擬試題第一回

問題Ⅰ ＿＿＿＿の言葉の読み方として最もよいものを１・２・３・４から
一つ選びなさい。

（　）① 人に<u>侮辱</u>された。

    1. ぶじょ　　　　2. ぶじょく　　　3. ぶじょう　　　4. ぶうじょう

（　）② 先輩に酒を<u>強いられた</u>。

    1. ごういられた　　　　　　2. つよいられた

    3. しいられた　　　　　　　4. きょういられた

（　）③ 表面を<u>滑らか</u>に磨く。

    1. かろらか　　　2. すべらか　　　3. さわらか　　　4. なめらか

（　）④ <u>洪水</u>で車が流された。

    1. こうすい　　　2. こうずい　　　3. きょうすい　　4. きょうずい

（　）⑤ 布団を<u>日向</u>に干す。

    1. ひなた　　　　2. にっこう　　　3. ひむけ　　　　4. ひむき

問題Ⅱ （　　）に入れるのに最もよいものを、１・２・３・４から一つ
選びなさい。

（　）① 私より、彼の方が（　　）成績が優れている。

    1. ひそかに　　　2. はるかに　　　3. おおげさに　　4. おおまかに

（　）② （　　）出血のために亡くなった。

    1. ややこしい　　　　　　　2. ばかばかしい

    3. うっとうしい　　　　　　4. おびただしい

（　）③ 世界経済の崩壊を分析した本が（　　）出版されている。

1. おしよせて　　2. あいついで　　3. めがけて　　　4. さっとうして

（　）④ 遊園地の建設について出席者の意見は（　　）だった。

1. まちまち　　　2. ぶらぶら　　　3. ぺこぺこ　　　4. つくづく

（　）⑤ 東京ドームは5万5千人の観客を（　　）している。

1. 許容　　　　　2. 収納　　　　　3. 収容　　　　　4. 収入

問題Ⅲ 　＿＿＿の言葉に意味が最も近いものを、1・2・3・4から一つ選びなさい。

（　）① あれから<u>もはや</u>5年もたった。

1. すでに　　　　2. そろそろ　　　3. ひょっと　　　4. ようやく

（　）② オーバーを格安で<u>奉仕</u>している。

1. サービス　　　2. 貢献　　　　　3. 勘定　　　　　4. ストップ

（　）③ <u>恐縮</u>ですが、電話を貸してください。

1. 恐ろしい　　　2. 大変　　　　　3. 迷惑　　　　　4. 申し訳ない

（　）④ 子供の頭を<u>さする</u>。

1. なでる　　　　2. うつ　　　　　3. たたく　　　　4. ぶつける

（　）⑤ 自動車が<u>衝突</u>した。

1. ぶつかった　　　　　　　　　2. とまった

3. くつがえった　　　　　　　　4. はしった

問題IV　次の言葉の使い方として最もよいものを、1・2・3・4から
　　　　一つ選びなさい。

（　）① ありふれる

　　　1. 最初はうまくいかなくても次第に<u>ありふれる</u>。

　　　2. 彼は自信に<u>ありふれて</u>いる。

　　　3. この程度のものなら世間に<u>ありふれて</u>いる。

　　　4. この子は誰にでもすぐ<u>ありふれる</u>。

（　）② 屈折する

　　　1. 真実を<u>屈折して</u>報道をしている。

　　　2. 彼の性格は<u>屈折して</u>いる。

　　　3. 公園の草花を<u>屈折して</u>はいけない。

　　　4. 一日中腰を<u>屈折して</u>働く。

（　）③ 出くわす

　　　1. まったくひどい目に<u>出くわした</u>。

　　　2. <u>出くわした</u>ところに客が来た。

　　　3. 駅のホームで<u>出くわそう</u>。

　　　4. 市場で友人に<u>出くわした</u>。

（　）④ びくびく

　　　1. <u>びくびく</u>していると遅れるぞ。

　　　2. もう<u>びくびく</u>帰ってくる頃だ。

　　　3. 一日中家で<u>びくびく</u>している。

　　　4. 襲われるのではないかと<u>びくびく</u>している。

（　）⑤ 逃れる

　　　 1. 秘密なルートで海外に逃れた。

　　　 2. 都会を逃れて田舎に住んでいる。

　　　 3. 逃れずに私の質問に答えなさい。

　　　 4. あの人は最近私を逃れている。

問題Ⅴ　次の文の（　　）に入れるのに最もよいものを、1・2・3・4 から一つ選びなさい。

（　）① 彼（　　）、課長に相談することなしに、直接部長に給料の話を して、大変怒られたそうだ。

　　　 1. たるもの　　　 2. たりもの　　　 3. としたら　　　 4. ときたら

（　）② 彼（　　）、この仕事が任せられる人はいないだろう。

　　　 1. にあって　　　 2. をもって　　　 3. をおいて　　　 4. において

（　）③ 留学中の息子は、日本の生活に慣れぬ（　　）苦労している だろう。

　　　 1. ところを　　　 2. こととて　　　 3. なりに　　　　 4. ながらに

（　）④ マイホームを手に入れるために、1円（　　）むだづかいは できない。

　　　 1. ならでは　　　 2. までも　　　 3. たりとも　　　 4. どころか

（　）⑤ 初めての一人暮らしの心細さと（　　）。

　　　 1. いうかぎりだった　　　　　 2. いうしかなかった

　　　 3. いうしまつだった　　　　　 4. いったらなかった

（　）⑥ 最近の家電製品の使用説明書は難しすぎる（　　　）。

    1. おそれがある　　　　　　　　2. きらいがある

    3. しだいだ　　　　　　　　　　4. までもない

（　）⑦ お金さえあればなんでもできるわけではない。でも、何をする

    （　　　）、全然お金がなければ、何もできないと思う。

    1. までもなく　　2. にせよ　　　　3. にもまして　4. ところで

（　）⑧ 注意された（　　　）、また間違ってしまった。

    1. と思いきや　　2. そばから　　3. が早いか　　　4. なりに

（　）⑨ そんなつまらないことであの子を非難する（　　　）。

    1. にすぎない　　　　　　　　　2. にはあたらない

    3. までのことだ　　　　　　　　4. にかたくない

（　）⑩ 研究を成功させる（　　　）、田中さんは何度も実験を繰り返した。

    1. まじく　　　　2. らしく　　　3. ゆえ　　　　4. べく

問題VI　次の文の＿★＿に入る最もよいものを、１・２・３・４から一つ選びなさい。

（　）① 税金は＿★＿　＿＿＿＿　＿＿＿＿　＿＿＿＿べきではない。

    1. たりとも　　　2. 使う　　　　3. 無駄に　　　4. 1円

（　）② 犯人は巡査の姿を＿＿＿＿　＿＿＿＿　＿★＿　＿＿＿＿逃げ出した。

    1. が　　　　　　2. 早い　　　　3. か　　　　　4. 見る

（　）③ あの先生を尊敬しているのは、＿＿＿＿　＿★＿　＿＿＿＿　＿＿＿＿。

    1. 彼だけ　　　　2. ない　　　　3. ひとり　　　4. では

（　）④ 参加するかどうかは、その＿＿＿＿　＿＿＿＿　＿＿＿＿　＿★＿決め

ます。

1. いかんに　　　2. 体調　　　　3. 日の　　　　4. よって

（　）⑤ そろそろ30才になりながら、そんな＿＿★＿　＿＿＿＿　＿＿＿＿

＿＿＿＿情けないことだ。

1. とは　　　　　2. 簡単な　　　3. できない　　4. ことも

模擬試題第一回　解答

問題 I	① 2	② 3	③ 4	④ 2	⑤ 1

問題 II	① 2	② 4	③ 2	④ 1	⑤ 3

問題 III	① 1	② 1	③ 4	④ 1	⑤ 1

問題 IV	① 3	② 2	③ 4	④ 4	⑤ 2

問題 V	① 4	② 3	③ 2	④ 3	⑤ 4
	⑥ 2	⑦ 2	⑧ 2	⑨ 2	⑩ 4

問題 VI	① 4	② 2	③ 1	④ 4	⑤ 2

※ 計分方式：問題 I 答對一題可得二分，問題 II～VI答對一題可得三分，
　　　滿分一百分。

模擬試題第一回　中譯及解析

問題Ｉ ＿＿＿＿＿の言葉の読み方として最もよいものを１・２・３・４から
一つ選びなさい。

（　）① 人に侮辱された。

　　　　1. ぶじょ　　　　　2. ぶじょく　　　　3. ぶじょう　　　　4. ぶうじょう

中譯 受人侮辱。

解析 本題答案為2。主要測驗「辱」這個漢字的讀音，請注意，問題不在於長、短
音，而是其第二音節為「く」。

（　）② 先輩に酒を強いられた。

　　　　1. ごういられた　　　　　　　2. つよいられた

　　　　3. しいられた　　　　　　　　4. きょういられた

中譯 被學長灌酒。

解析 本題考「強いる」（強迫）這個動詞的讀音，故答案為3。選項1「ごう」、選
項4「きょう」均為「強」的「音讀」，選項2「つよ（い）」則是形容詞「強
（い）」的唸法。

（　）③ 表面を滑らかに磨く。

　　　　1. かろらか　　　　2. すべらか　　　　3. さわらか　　　　4. なめらか

中譯 把表面磨得很光滑。

解析 本題考「ナ形容詞」，選項1、2、3都是不存在的字，選項1如果改為「軽や
か」（輕快的）才是有意義的字，選項3則要改為「爽やか」（清爽的），答案
為4「滑らか」（光滑的）。而選項2的發音則是取自於「滑る」（滑）這個動
詞，所以也不是答案。

（　）④ 洪水で車が流された。

　　　　1. こうすい　　　　2. こうずい　　　　3. きょうすい　　　　4. きょうずい

中譯 車子被洪水沖走。

解析 「洪」的音讀為「こう」，「共」的音讀才是「きょう」，此外，「水」此處的發音，是「ずい」不是「すい」，故答案為2。

（　）⑤ 布団を日向に干す。

　　　　1. ひなた　　　　　2. にっこう　　　　3. ひむけ　　　　4. ひむき

中譯 在向陽處曬棉被。

解析 本題答案為1，「日向」是「向陽處」的意思，發音非常特殊，請務必記下來。

・・

問題II（　　）に入れるのに最もよいものを、1・2・3・4から一つ選びなさい。

（　）① 私より、彼の方が（　　）成績が優れている。

　　　　1. ひそかに　　　　2. はるかに　　　　3. おおげさに　　　4. おおまかに

中譯 他的成績遠比我優秀。

解析 本題考「ナ形容詞」。「ひそか」是「祕密、暗中」的意思；「はるか」是「遙遠的」；「おおげさ」是「誇大的」；「おおまか」是「粗略的」，依句意，答案為2。

（　）②（　　）出血のために亡くなった。

　　　　1. ややこしい　　　　　　　　2. ばかばかしい

　　　　3. うっとうしい　　　　　　　4. おびただしい

中譯 因出血過多而死。

解析 本題考「イ形容詞」。「ややこしい」是「複雜的、麻煩的」之意；「ばかばかしい」是「愚笨的」；「うっとうしい」是「鬱悶的」；「おびただしい」是「很多的」，故答案為4。

（　）③ 世界経済の崩壊を分析した本が（　　）出版されている。

　　　　1. おしよせて　　　2. あいついで　　　3. めがけて　　　　4. さっとうして

中譯 分析世界經濟崩潰的書相繼出版。

解析 本題考動詞。選項1的「辭書形」為「押し寄せる」，是「湧上來、蜂擁而至」的意思；選項2是「相次ぐ」（相繼）；選項3是「目掛ける」（瞄準、以～為目標）；選項4「殺到する」和選項1類似，也是「蜂擁而至」的意思。故答案為2。

（　）④ 遊園地の建設について出席者の意見は（　　）だった。

　　　　1. まちまち　　　　2. ぶらぶら　　　　3. ぺこぺこ　　　　4. つくづく

中譯 關於遊樂園的建設，出席者的意見各有不同。

解析 本題考副詞。「まちまち」是「各式各樣」的意思；「ぶらぶら」是「閒晃」；「ぺこぺこ」是非常餓的樣子；「つくづく」是「深切地」的意思，故答案為1。

（　）⑤ 東京ドームは5万5千人の観客を（　　）している。

　　　　1. 許容　　　　　　2. 収納　　　　　　3. 収容　　　　　　4. 収入

中譯 東京巨蛋容納五萬五千名觀眾。

解析 本題考漢詞。「許容」是「容許」；「収納」是「收納」；「収容」是「容納」；「収入」是「收入」，故答案為3。

- -

問題III 　　　の言葉に意味が最も近いものを、1・2・3・4から一つ選びなさい。

（　）① あれからもはや5年もたった。

　　　　1. すでに　　　　　2. そろそろ　　　　3. ひょっと　　　　4. ようやく

中譯 從那之後，已經過了有五年了。

解析 「もはや」是「已經」的意思，選項1「すでに」是「已經」；選項2「そろそろ」是「差不多」；選項3「ひょっと」是「突然」；選項4「ようやく」是「終於」，故答案為1。

（　）② オーバーを格安で奉仕している。

　　　　1. サービス　　　2. 貢献　　　　3. 勘定　　　4. ストップ

中譯 以非常便宜的價格銷售大衣。

解析 「奉仕」有「服務」、「廉售」的意思，和選項1「サービス」有相同的用法。而「貢献」（貢獻）雖然具有「服務」的概念，但卻不能當「廉售」使用。此外「勘定」是「結帳」；「ストップ」是「停止」，故答案為1。

（ ）③ 恐縮ですが、電話を貸してください。

　　1. 恐ろしい　　　　2. 大変　　　　3. 迷惑　　　　4. 申し訳ない

中譯 不好意思，請借我電話。

解析 「恐縮」可解釋為「惶恐」，但其實就是中文「不好意思、對不起」的意思。選項1「恐ろしい」是「可怕、驚人的」；選項2「大変」是「糟糕了」；選項3「迷惑」是「困擾」；選項4「申し訳ない」是「對不起」，故答案為4。

（ ）④ 子供の頭をさする。

　　1. なでる　　　　2. うつ　　　　3. たたく　　　　4. ぶつける

中譯 輕揉小孩的頭。

解析 「擦る」是「輕揉」的意思，而「撫でる」是「撫摸」；「打つ」是「打」；「叩く」是「敲」；「ぶつける」是「丟、扔」，故答案為1。

（ ）⑤ 自動車が衝突した。

　　1. ぶつかった　　2. とまった　　3. くつがえった　　4. はしった

中譯 汽車撞到了。

解析 「衝突する」除了有「衝突」之義外，還有「相撞」的意思。「ぶつかる」是「撞」；「止まる」是「停住」；「覆る」是「翻覆」；「走る」是「奔馳」，故答案為1。

問題IV 次の言葉の使い方として最もよいものを、1・2・3・4から一つ選びなさい。

（ ）① ありふれる
　　1. 最初はうまくいかなくても次第にありふれる。

2. 彼は自信にありふれている。

3. この程度のものなら世間にありふれている。

4. この子は誰にでもすぐありふれる。

中譯 如果是這個程度的東西，世界上到處都有。

解析 「ありふれる」是「司空見慣」的意思，故答案為3。選項1應將動詞改為「慣れる」（習慣），變成「最初はうまくいかなくても次第に慣れる」（即使一開始不順利，也會漸漸習慣）才適合；選項2則要改為發音類似的「あふれる」（充滿），成為「彼は自信にあふれている」（他充滿自信）才適合；選項4則應改為「なじむ」（熟稔），成為「この子は誰にでもすぐなじむ」（這孩子無論和誰立刻就熟）較合適。

（　）② 屈折する

1. 真実を屈折して報道をしている。

2. 彼の性格は屈折している。

3. 公園の草花を屈折してはいけない。

4. 一日中腰を屈折して働く。

中譯 他的性格不正常。

解析 「屈折する」除了「曲折、折射」之外，還有「（性格、想法）不正常」的意思，故答案為2。選項1動詞應改為「歪める」（扭曲），成為「真実を歪めて報道をしている」（扭曲事實報導）較適合；選項3則應改為「折る」（折斷），變成「公園の草花を折ってはいけない」（不可以攀折公園的花草）較佳；選項4則應改為「曲げる」（弄彎），變成「一日中腰を曲げて働く」（一整天彎著腰工作）較合適。

（　）③ 出くわす

1. まったくひどい目に出くわした。

2. 出くわしたところに客が来た。

3. 駅のホームで出くわそう。

4. 市場で友人に出くわした。

中譯 在市場巧遇朋友。

解析 「出くわす」是「偶遇、巧遇」的意思，故答案為4。選項1動詞應改為「遭う」（遭遇），變成「まったくひどい目に遭った」（遇到非常倒楣的事）；選項2動詞應改為「出かける」（出門），變成「出かけたところに客が来た」（才剛出門，客人就來了）才合理；選項3應改為「待ち合わせる」（碰面），成為「駅のホームで待ち合わせよう」（在車站月台碰面吧）。

（　）④ びくびく
　　　　1. びくびくしていると遅れるぞ。
　　　　2. もうびくびく帰ってくる頃だ。
　　　　3. 一日中家でびくびくしている。
　　　　4. 襲われるのではないかとびくびくしている。

中譯 「會不會被攻擊呀？」提心吊膽著。

解析 「びくびく」是「提心吊膽」的意思，故答案為4。選項1應將「びくびく」改為「ぐずぐず」（拖拖拉拉），變成「ぐずぐずしていると遅れるぞ」（再拖拖拉拉就會遲到喔！）才合適；選項2則要改為「そろそろ」（差不多），變成「もうそろそろ帰ってくる頃だ」（差不多該是回家的時候了）；選項3則要改為「ごろごろ」（閒晃、遊蕩），變成「一日中家でごろごろしている」（一整天在家裡無所事事）才恰當。

（　）⑤ 逃れる
　　　　1. 秘密なルートで海外に逃れた。
　　　　2. 都会を逃れて田舎に住んでいる。
　　　　3. 逃れずに私の質問に答えなさい。
　　　　4. あの人は最近私を逃れている。

中譯 逃離城市，住在鄉下。

解析 「逃れる」和「逃げる」差異在於前者的「逃」帶有「擺脫」的意思，故答案為2。選項1、3都應改為「逃げる」，而成為「秘密なルートで海外に逃げた」（用祕密管道逃到國外）、「逃げずに私の質問に答えなさい」（請不要逃避，回答我的問題）；選項4則要改為「避ける」（避開），成為「あの人は最近私を避けている」（那個人最近都躲著我）較佳。

問題V　次の文の（　　）に入れるのに最もよいものを、1・2・3・4から 一つ選びなさい。

（　）① 彼（　　　）、課長に相談することなしに、直接部長に給料の話をして、 大変怒られたそうだ。

　　　1. たるもの　　　　2. たりもの　　　　3. としたら　　　4. ときたら

中譯 說到他呀，沒和課長商量，就直接跟部長談薪水的事，聽說被痛罵一頓。

解析 選項1「～たるもの」是「身為～的人」；選項2「～たりもの」則是不存在的 用法；選項3「～としたら」是「如果～的話」，是N2範圍的機能語；選項4 「～ときたら」是「說到～」，通常用於責備、不滿的時候，故答案為4。

（　）② 彼（　　　）、この仕事が任せられる人はいないだろう。

　　　1. にあって　　　　2. をもって　　　　3. をおいて　　　4. において

中譯 除了他，這個工作沒有可以交付的人了吧！

解析 選項1「～にあって」是「在～（情況）」；選項2「～をもって」是「以～」； 選項3「～をおいて」是「除了～之外」；選項4「～において」屬於N2範圍 的文法，意思是「在～（場所）」，故答案為3。

（　）③ 留学中の息子は、日本の生活に慣れぬ（　　　）苦労しているだろう。

　　　1. ところを　　　　2. こととて　　　　3. なりに　　　　4. ながらに

中譯 正在留學的兒子，由於不習慣日本的生活，所以過得很辛苦。

解析 選項1「～ところを」是「在～時」；選項2「～こととて」是「因為～」；選 項3「～なりに」是「～自己的」；選項4「～ながらに」是「～著」，故答案 為2。

（　）④ マイホームを手に入れるために、1円（　　　）むだづかいはできない。

　　　1. ならでは　　　　2. までも　　　　3. たりとも　　　4. どころか

中譯 為了買自己的房子，就算是一日圓都不能浪費。

解析 選項1「～ならでは」是「～才有的」；選項2「～までも」後如果加上「な い」則成為「～までもない」（不需要～）這個N1句型；選項3「～たりと

も」是「即使～也」；選項4「～どころか」則是N2句型，意思是「不要說～就連～」，故答案為3。本題判斷的重點是，只要空格前出現表示「1」的數量詞（本題為「1円」），即應優先考慮「たりとも」是否為答案。

( )⑤ 初めての一人暮らしの心細さと（　　）。

　　1. いうかぎりだった　　　　　　2. いうしかなかった

　　3. いうしまつだった　　　　　　4. いったらなかった

中譯 第一次一個人過日子，真是非常擔心呀！

解析 選項1是用到「～かぎりだ」這個句型，表示「極為～」的意思，看起來似乎正確，但是陷阱選項，要將題目改為「心細いかぎりだ」（極為不安）才會是對的句子。選項2則是「～しかない」這個N2句型，意思為「只好～」；選項3則是「～しまつだ」這個句型，意思為「落得～下場」；選項4「～といったらない」則是「極為～、非常～」的意思，故4才是正確答案。

( )⑥ 最近の家電製品の使用説明書は難しすぎる（　　）。

　　1. おそれがある　　2. きらいがある　　3. しだいだ　　　4. までもない

中譯 最近的家電產品的使用說明書常常會太難。

解析 選項1「～おそれがある」是N2句型，意思為「有可能～」；選項2「～きらいがある」是「容易～、有～的傾向」；選項3「～しだいだ」是「依～」；選項4「～までもない」是「不需要～」，故答案為2。

( )⑦ お金さえあればなんでもできるわけではない。でも、何をする（　　）、全然お金がなければ、何もできないと思う。

　　1. までもなく　　　2. にせよ　　　　3. にもまして　　4. ところで

中譯 不是有錢就什麼都做得到。但是，不管要做什麼，我覺得如果完全沒錢，就什麼都做不到。

解析 選項1「～までもなく」是「不需要～」；選項2「～にせよ」是N2句型，意思為「就算～、不管～」；選項3「～にもまして」是「更甚於～」；選項4「～ところで」是表「換話題」的接續詞，一般可譯為「對了～」，故答案為2。

（　）⑧ 注意された（　　）、また間違ってしまった。

    1. と思いきや　　　2. そばから　　　3. が早いか　　　4. なりに

中譯　才剛被提醒，馬上又犯錯了。

解析　選項1「～と思いきや」是「本以為～」的意思；選項4「～なりに」是「～自己的、～獨特的」的意思，所以均非正確答案。而選項2「～そばから」和選項3「～が早いか」都是「一～就～」，但前者（そばから）帶有「重複」的意思，所以從句中的「また」（又）可判斷，2才是正確答案。

（　）⑨ そんなつまらないことであの子を非難する（　　）。

    1. にすぎない　　　　　　　　　2. にはあたらない

    3. までのことだ　　　　　　　　4. にかたくない

中譯　不需要為了那種小事情責怪那孩子。

解析　選項1「～にすぎない」是N2句型，意思是「只不過～」；選項2「～にはあたらない」是「不值得～、不需要～」；選項3「～までのことだ」是「只好～」；選項4「～にかたくない」是「不難～」，故答案為2。

（　）⑩ 研究を成功させる（　　）、田中さんは何度も実験を繰り返した。

    1. まじく　　　　　2. らしく　　　　3. ゆえ　　　　4. べく

中譯　為了讓研究成功，田中先生不停地重複進行實驗。

解析　選項1「～まじく」和「～まじき」有關，是「不可以、不應該」的意思；選項2「～らしく」屬於N4文法，是表示客觀推測的「好像～」；選項3「～ゆえ」是「因為～」；選項4「～べく」表示「目的」，一般譯為「為了～」，故答案為4。

問題Ⅵ　次の文の＿＿★＿＿に入る最もよいものを、1・2・3・4から一つ選びなさい。

（　）① 税金は＿＿★＿＿　＿＿＿＿＿　＿＿＿＿＿　＿＿＿＿＿べきではない。

    1. たりとも　　　　2. 使う　　　　3. 無駄に　　　4. 1円

→　税金は 1円たりとも無駄に使うべきではない。

中譯 稅金就算一日圓都不能浪費。

解析 本題考「數量詞（1～）＋たりとも」這個句型，意思為「即使一～都～」，
故答案為4。

（　）② 犯人は巡査の姿を＿＿＿＿　＿＿＿＿　＿★＿＿　＿＿＿＿逃げ出した。
　　　　1. が　　　　　　　2. 早い　　　　　　3. か　　　　　　4. 見る

→ 犯人は巡査の姿を見るが早いか逃げ出した。

中譯 犯人一看到巡邏員警就逃走了。

解析 本題考「～が早いか」（一～就～）這個句型，故答案為2。

（　）③ あの先生を尊敬しているのは、＿＿＿＿　＿★＿＿　＿＿＿＿　＿＿＿＿。
　　　　1. 彼だけ　　　　　2. ない　　　　　　3. ひとり　　　　4. では

→ あの先生を尊敬しているのは、ひとり彼だけではない。

中譯 尊敬那位老師的不是只有他一個。

解析 本題考「ひとり～だけではない」（不只～）這個句型，相關表達還有「ただ～
だけでなく」、「ただ～のみならず」、「ひとり～のみならず」，故答案為1。

（　）④ 参加するかどうかは、その＿＿＿＿　＿＿＿＿　＿＿＿＿　＿★＿決めます。
　　　　1. いかんに　　　2. 体調　　　　　3. 日の　　　　4. よって

→ 参加するかどうかは、その日の体調いかんによって決めます。

中譯 要不要參加，要以當天的身體狀況如何來決定。

解析 本題考「～いかんによって」這個句型，意思為「依～、～如何」，故答案為
4。

（　）⑤ そろそろ30才になりながら、そんな＿★＿　＿＿＿＿　＿＿＿＿　＿＿＿＿
情けないことだ。
　　　　1. とは　　　　　2. 簡単な　　　　3. できない　　　4. ことも

→ そろそろ30才になりながら、そんな簡単なこともできないとは、情けな
いことだ。

中譯 儘管就要三十歲了，居然連這麼簡單的事都不會，真是可憐呀！

解析 本題考「～とは」（居然～）這個句型，答案為2。

模擬試題第二回

問題Ｉ ＿＿＿＿の言葉の読み方として最もよいものを１・２・３・４から
一つ選びなさい。

（　）① 考え方が<u>著しく</u>異なる。

1. めざましく　　　　　　　　2. いちじるしく

3. あわただしく　　　　　　　4. このましく

（　）② 浜辺で<u>貝殻</u>を拾った。

1. かいから　　　2. かいがら　　　3. かいき　　　4. ばいき

（　）③ 人類は<u>滅びる</u>のか。

1. さびる　　　2. しなびる　　　3. ほろびる　　　4. ほころびる

（　）④ わが国の未来を<u>担う</u>若者たち。

1. おう　　　　2. そう　　　　3. したう　　　4. になう

（　）⑤ 会談は<u>和やか</u>な雰囲気に包まれていた。

1. あざやか　　　2. おだやか　　　3. すこやか　　　4. なごやか

問題ＩＩ （　　　）に入れるのに最もよいものを、１・２・３・４から一つ
選びなさい。

（　）① 受付の仕事は忙しくて（　　　）が回りそうだ。

1. 足　　　　　　2. 耳　　　　　　3. 手　　　　　　4. 目

（　）② 頭が（　　　）きて眠れなくなる。

1. はげて　　　2. おだてて　　　3. さえて　　　4. ばけて

（　　）③ 弟はいつも部屋に（　　　）漫画を読んでいる。

    1. たもって   2. くもって   3. つもって   4. こもって

（　　）④ 海外に行って、長い間（　　　）不明だった吉村さんが帰ってきた。

    1. 住所   2. 連絡   3. 意識   4. 行方

（　　）⑤ 急病で入院した祖母が心配で、この間、夜も（　　　）寝ていない。

    1. もろに   2. ろくに   3. やけに   4. ことに

問題Ⅲ　　_____の言葉に意味が最も近いものを、1・2・3・4から一つ選びなさい。

（　　）① 着物の<u>丈</u>が足りない。

    1. 深さ   2. 長さ   3. 高さ   4. 大きさ

（　　）② 大会の<u>献立</u>をする。

    1. アンケート   2. 料理   3. 計画   4. メニュー

（　　）③ 話が<u>ややこしく</u>なってきた。

    1. 簡潔に   2. 奇妙に   3. 明確に   4. 複雑に

（　　）④ <u>とっさに</u>ブレーキを踏んだ。

    1. じょじょに   2. あっというまに

    3. どんどん   4. むやみに

（　　）⑤ <u>優雅な</u>服装をしている。

    1. レギュラーの   2. テレックスの

    3. エレガントな   4. ナンセンスな

問題Ⅳ　次の言葉の使い方として最もよいものを、1・2・3・4から一つ選びなさい。

（　）① ひたすら

　　 1. 彼女は<u>ひたすら</u>あやまるのみであった。

　　 2. この電車は人が<u>ひたすら</u>で乗れない。

　　 3. 残っているのは不良品<u>ひたすら</u>だ。

　　 4. 食べ過ぎておなかが<u>ひたすら</u>だ。

（　）② 保養する

　　 1. 自動車の<u>保養をする</u>。

　　 2. 機械の不良箇所を<u>保養する</u>。

　　 3. 工場の消火設備はよく<u>保養されて</u>いる。

　　 4. 海辺の別荘で<u>保養して</u>いる。

（　）③ わざと

　　 1. <u>わざと</u>忘れ物を届けてくれた。

　　 2. この洋服は<u>わざと</u>あつえられたものだ。

　　 3. <u>わざと</u>この点に注目してください。

　　 4. 時計を<u>わざと</u>遅らせる。

（　）④ 未だ

　　 1. 山は<u>未だ</u>厚い雪に覆われている。

　　 2. さっき食べたばかりなのに、<u>未だ</u>食べるのか。

　　 3. 使い方によっては薬にもなるし、<u>未だ</u>毒にもなる。

　　 4. これは<u>未だ</u>ない機会だ。

（　　）⑤ 応対

    1. 社長のお嬢さんの結婚式に<u>応対</u>された。

    2. 相手の出方を見ながら<u>応対</u>する。

    3. 営業担当の彼は<u>応対</u>が上手だ。

    4. 状況に<u>応対</u>した対策を立てる。

問題Ⅴ　次の文の（　　）に入れるのに最もよいものを、1・2・3・4
**　　　から一つ選びなさい。**

（　　）① 何十人もの人を殺すとは、人間に（　　）まじき行為だ。

    1. あり　　　　　　2. ある　　　　　　3. ない　　　　　　4. なし

（　　）② 来るに（　　）来ないに（　　）、返事してください。

    1. か、か　　　　　2. なり、なり　　3. しろ、しろ　　4. つき、つき

（　　）③ 母親は子供を残し、旅に出て、1週間も家にいないから、家の中
　　　　がどうなっているか、（　　）だに恐ろしい。

    1. 想像する　　　2. 想像できる　　3. 想像せず　　4. 想像しない

（　　）④ 皆様のご協力（　　）、この作品は完成できません。

    1. なくても　　　2. ないまでも　　3. ないでは　　4. なくしては

（　　）⑤ ちゃんと理由を話してくれればお金を（　　）。

    1. 貸さないではすまない　　　　　　2. 貸さないものでもない

    3. 貸さずにはおかない　　　　　　　4. 貸さずにはすまない

（　　）⑥ あのレストランのまずさときたら。2度と（　　）。

    1. 行かないでもない　　　　　　　　2. 行かないでおかない

    3. 行こうにもいけない　　　　　　　4. 行くものか

（　）⑦ 息子は大学院に入るといって必死でがんばっているが、夜も寝て
いないようだし、食欲もない。今は息子の健康（　　）が心配だ。

1. すら　　　　2. さえ　　　　3. のみ　　　　4. だに

（　）⑧ 驚いたことに、あの子の証言は何から何までうそ（　　）であった。

1. まみれ　　　　2. がち　　　　3. ついでに　　　4. ずくめ

（　）⑨ 彼女の演技はすばらしい。見る人を感動させ（　　）だろう。

1. ずにはすまない　　　　　　2. ずにはおかない

3. ざるをえない　　　　　　　4. ようもない

（　）⑩ この掃除機はデザインも（　　）、機能性にも優れている。

1. まして　　　2. さておき　　3. かまわず　　4. さることながら

**問題Ⅵ　次の文の＿★＿に入る最もよいものを、１・２・３・４から一つ
選びなさい。**

（　）① その大きな計画を実行できる企業は、その＿＿＿＿　＿★＿　＿＿＿＿
＿＿＿＿。

1. ない　　　　2. おいて　　　3. 会社を　　　4. ほかには

（　）② 電車に＿＿＿＿　＿＿＿＿　＿＿＿＿　＿★＿目の前でドアが閉まって
しまった。

1. と　　　　　2. きや　　　　3. 乗れる　　　4. 思い

（　）③ テニスの楽しさを＿＿＿＿　＿★＿　＿＿＿＿　＿＿＿＿、彼女は毎日
やっている。

1. から　　　2. 知って　　　3. もの　　　4. という

（　）④ ダムの建設のために、この周辺の人々は＿＿＿＿　＿＿＿＿　＿★＿＿

＿＿＿＿。

1. された　　　2. 余儀　　　3. 引越しを　　　4. なく

（　）⑤ 単身赴任の田中さんは＿＿＿＿　＿★＿＿　＿＿＿＿　＿＿＿＿いるようだ。

1. こととて　　　2. して　　　3. 苦労　　　4. 慣れぬ

模擬試題第二回　解答

問題 I	① 2	② 2	③ 3	④ 4	⑤ 4
問題 II	① 4	② 3	③ 4	④ 4	⑤ 2
問題 III	① 2	② 3	③ 4	④ 2	⑤ 3
問題 IV	① 1	② 4	③ 4	④ 4	⑤ 3
問題 V	① 2	② 3	③ 1	④ 4	⑤ 2
	⑥ 4	⑦ 3	⑧ 4	⑨ 2	⑩ 4
問題 VI	① 2	② 2	③ 1	④ 4	⑤ 1

※ 計分方式：問題 I 答對一題可得二分，問題 II ～ VI答對一題可得三分，
　　滿分一百分。

模擬試題第二回　中譯及解析

問題Ｉ　　_____の言葉の読み方として最もよいものを１・２・３・４から

一つ選びなさい。

（　　）① 考え方が 著 しく異なる。

1. めざましく　　　2. いちじるしく　　3. あわただしく　　4. このましく

中譯 想法明顯地不同。

解析 本題考「イ形容詞」發音，答案為2。選項1「目覚しい」是「驚人的、了不
起的」的意思；選項2「著しい」是「顯著的」；選項3「慌しい」是「慌張
的」；選項4「好ましい」是「令人滿意的、令人喜歡的」的意思。

（　　）② 浜辺で貝殻を拾った。

1. かいから　　　2. かいがら　　　3. かいき　　　4. ばいき

中譯 在海邊撿了貝殼。

解析 本題考「貝殻」這個特殊發音的名詞，讀者只要掌握「殻」在此處第一音節為
濁音「が」就沒問題了，答案為2。

（　　）③ 人類は滅びるのか。

1. さびる　　　2. しなびる　　　3. ほろびる　　　4. ほころびる

中譯 人類會滅亡嗎？

解析 本題可動詞發音，選項1有可能是「錆びる」（生鏽），也有可能為「寂びる」
（幽靜）；選項2為「萎びる」（枯萎）；選項3為「滅びる」（滅亡）；選項4為
「綻びる」（綻放），故答案為3。

（　　）④ わが国の未来を担う若者たち。

1. おう　　　2. そう　　　3. したう　　　4. になう

中譯 肩負我國未來的年輕人們。

解析 本題考動詞發音，選項1有可能為「追う」（追趕）或「負う」（背）；選項2

為「添う」（增添）或「沿う」（沿著）；選項3為「慕う」（愛慕、景仰）；選項4為「担う」（扛），故答案為4。

（　）⑤ 会談は和やかな雰囲気に包まれていた。

1. あざやか　　　　2. おだやか　　　3. すこやか　　　4. なごやか

中譯 會談包圍在和睦的氣氛中。

解析 本題考「ナ形容詞」的發音，選項1是「鮮やか」（鮮明、精湛的）；選項2是「穏やか」（平穩、溫和的）；選項3是「健やか」（健康的）；選項4是「和やか」（溫和、和睦的），故答案為4。

問題Ⅱ （　　）に入れるのに最もよいものを、1・2・3・4から一つ選びなさい。

（　）① 受付の仕事は忙しくて（　　）が回りそうだ。

1. 足　　　　2. 耳　　　　3. 手　　　　4. 目

中譯 櫃台的工作忙得暈頭轉向。

解析 本題考慣用語，「目が回る」是「頭暈目眩」的意思，故答案為4。

（　）② 頭が（　　）きて眠れなくなる。

1. はげて　　　　2. おだてて　　　3. さえて　　　　4. ばけて

中譯 腦筋越來越清醒，變得睡不著。

解析 本題考動詞，選項1是「禿げる」（變禿）；選項2是「煽てる」（奉承、煽動）；選項3是「冴える」（清晰）；選項4是「化ける」（變、化妝），故答案為3。

（　）③ 弟はいつも部屋に（　　）漫画を読んでいる。

1. たもって　　　　2. くもって　　　3. つもって　　　4. こもって

中譯 弟弟總是躲在房間看漫畫。

解析 本題考動詞，選項1是「保つ」（保持）；選項2是「曇る」（天陰）；選項3是「積もる」（堆積）；選項4是「こもる」（閉門不出），故答案為4。

（ ）④ 海外に行って、長い間（　　　）不明だった吉村さんが帰ってきた。

　　　　1. 住所　　　　　　2. 連絡　　　　　　3. 意識　　　　　　4. 行方

中譯 到國外去，長時間行蹤不明的吉村先生回來了。

解析 本題考漢詞，「住所」是「住址」；「連絡」是「聯絡」；「意識」是「意識」；「行方」是「行蹤」，故答案為4。

（ ）⑤ 急病で入院した祖母が心配で、この間、夜も（　　　）寝ていない。

　　　　1. もろに　　　　　2. ろくに　　　　　3. やけに　　　　　4. ことに

中譯 擔心突然生病住院的祖母，這陣子晚上也沒有好好睡。

解析 本題考副詞，「もろに」是「全面地、徹底地」；「ろくに」是「（不能）很好地」；「やけに」是「過於、非常地」；「ことに」是「尤其、特別地」，故答案為2。

- -

問題Ⅲ 　＿＿＿の言葉に意味が最も近いものを、1・2・3・4から一つ選びなさい。

（ ）① 着物の丈が足りない。

　　　　1. 深さ　　　　　　2. 長さ　　　　　　3. 高さ　　　　　　4. 大きさ

中譯 和服的長度不夠。

解析 「丈」有「長短」「高矮」的意思，但此處是指「着物」（和服），所以用來表示「長度」較為適合，故答案為2。

（ ）② 大会の献立をする。

　　　　1. アンケート　　　2. 料理　　　　　　3. 計画　　　　　　4. メニュー

中譯 籌備大會。

解析 「献立」除了有「菜單」的意思外，還有「準備」的意思，所以不能選「メニュー」（菜單），而要選「計画」，故答案為3。此外選項1「アンケート」為「問卷」的意思。

（　）③ 話がややこしくなってきた。

1. 簡潔に　　　　2. 奇妙に　　　　3. 明確に　　　　4. 複雑に

中譯　事情變得複雜了起來。

解析　「ややこしい」是「複雑」的意思，故答案應選4。

（　）④ とっさにブレーキを踏んだ。

1. じょじょに　　　　　　2. あっというまに

3. どんどん　　　　　　　4. むやみに

中譯　一瞬間踩下了煞車。

解析　「とっさに」是「一瞬間」的意思，而選項1「じょじょに」是「漸漸地」；選項2「あっというまに」是「一瞬間」；選項3「どんどん」是「不斷地」；選項4「むやみに」是「胡亂、過份地」，故答案為2。

（　）⑤ 優雅な服装をしている。

1. レギュラーの　　2. テレックスの　　3. エレガントな　　4. ナンセンスな

中譯　打扮得很優雅。

解析　「レギュラー」是「正式的」；「テレックス」是「電報」；「エレガント」是「優雅的」；「ナンセンス」是「無聊、荒謬」，故答案為3。

問題IV　次の言葉の使い方として最もよいものを、1・2・3・4から一つ選びなさい。

（　）① ひたすら

1. 彼女はひたすらあやまるのみであった。
2. この電車は人がひたすらで乗れない。
3. 残っているのは不良品ひたすらだ。
4. 食べ過ぎておなかがひたすらだ。

中譯　她只是一味地道歉。

解析　「ひたすら」是「一味地、只顧著」的意思。選項2應改為「いっぱい」，成

為「この電車は人がいっぱいで乗れない」（這班電車滿滿地都是人，搭不上去）；選項3則應改為「ばかり」，成為「残っているのは不良品ばかりだ」（剩下的全是瑕疵品）；選項4也要改為「いっぱい」，成為「食べ過ぎておなかがいっぱいだ」（吃太多，肚子很飽）。

（　）② 保養する
　　　　1. 自動車の保養をする。
　　　　2. 機械の不良箇所を保養する。
　　　　3. 工場の消火設備はよく保養されている。
　　　　4. 海辺の別荘で保養している。

中譯 在海邊的別墅休養。

解析 「保養」這個詞的意思為「休養、療養」，和中文的「保養」無關，故答案為4。選項1可以改為「整備する」，成為「自動車の整備をする」（保養車子）；選項2則改成「点検する」較適合，成為「機械の不良箇所を点検する」（檢查機器的不良處）；選項3也可以改為「整備する」，成為「工場の消火設備はよく整備されている」，但意思是「工廠的消防設備很齊全」。

（　）③ わざと
　　　　1. わざと忘れ物を届けてくれた。
　　　　2. この洋服はわざとあつえられたものだ。
　　　　3. わざとこの点に注目してください。
　　　　4. 時計をわざと遅らせる。

中譯 刻意調慢時鐘。

解析 「わざと」是「刻意地」的意思，故答案為4。選項1應改為「わざわざ」（特地），成為「わざわざ忘れ物を届けてくれた」（特地幫我將失物寄來）；選項2應改為「特別に」（特別地），成為「この洋服は特別にあつえられたものだ」（這套西裝是特別訂做的）；選項3則要改為「特に」（尤其、特別），成為「特にこの点に注目してください」（請特別注意這一點）。

（　）④ 未だ
1. 山は未だ厚い雪に覆われている。
2. さっき食べたばかりなのに、未だ食べるのか。
3. 使い方によっては薬にもなるし、未だ毒にもなる。
4. これは未だない機会だ。

中譯 這是前所未有的機會。

解析 「未だ」的用法及意義和「まだ」相同，在否定句中有「尚未」的意思，此外，也有著「到現在、迄今（沒有）」的意思，故答案為4。此外其他三個選項都應改為「また」（還、又、也）才合理。選項1成為「山はまた厚い雪に覆われている」（山上還覆蓋著厚厚的雪）；選項2則是「さっき食べたばかりなのに、また食べるのか」（明明剛剛才吃完，你又要吃了呀？）；選項3則會成為「使い方によっては薬にもなるし、また毒にもなる」（依用法而異，會是良藥，也會是毒藥）。

（　）⑤ 応対
1. 社長のお嬢さんの結婚式に応対された。
2. 相手の出方を見ながら応対する。
3. 営業担当の彼は応対が上手だ。
4. 状況に応対した対策を立てる。

中譯 負責業務工作的他，善於應對。

解析 「応対」是「應對進退」的意思，故答案為3。選項1應改為「招待」（邀請），成為「社長のお嬢さんの結婚式に招待された」（受邀參加社長千金的婚禮）才合理；選項2則應改為「対応」（對應），成為「相手の出方を見ながら対応する」（看對方的態度來對應）；選項4則要改為「適応」（適應），成為「状況に適応した対策を立てる」（採取適應狀況的對策）。

問題V　次の文の（　　）に入れるのに最もよいものを、1・2・3・4から一つ選びなさい。

（　）① 何十人もの人を殺すとは、人間に（　　）まじき行為だ。

　　　　1. あり　　　　　　2. ある　　　　　　3. ない　　　　　　4. なし

中譯 居然殺了幾十個人，這是身為一個人不應該有的行為。

解析 「まじき」表示「不應該、不可以」，前面必須為動詞辭書形，所以會成為「あるまじき」（不應有），故答案為2。

（　）② 来るに（　　）来ないに（　　）、返事してください。

　　　　1. か、か　　　　　2. なり、なり　　　3. しろ、しろ　　4. つき、つき

中譯 不管來還是不來，請給我個答覆。

解析 雖然是N1的文法考題，但本題的答案為N2句型的選項3。「～にしろ～にしろ」是，意思為「不論～還是～」，而選項2「～なり～なり」雖然屬於N1句型，但要將句中的「に」刪除，成為「来るなり来ないなり、返事してください」（要來也好不來也好，請給我個答覆）才會成為正確的句子。

（　）③ 母親は子供を残し、旅に出て、1週間も家にいないから、家の中がどうなっているか、（　　）だに恐ろしい。

　　　　1. 想像する　　　2. 想像できる　　3. 想像せず　　4. 想像しない

中譯 母親留下小孩去旅行，一個星期都不在家，家裡變得怎麼樣？光想就覺得可怕。

解析 「～だに」表示「光～就～」的意思，所以動詞要用辭書形來連接，而成為「想像するだに～」（光想像就～），故答案為1。

（　）④ 皆様のご協力（　　）、この作品は完成できません。

　　　　1. なくても　　　2. ないまでも　　3. ないでは　　4. なくしては

中譯 沒有各位的協助，這個作品無法完成。

解析 「～なくして（は）」是「如果沒有～的話」，故答案為4。此外，選項2「～ないまでも」也是N1句型，意思為「就算沒有～的話，至少～」。

（　　）⑤ ちゃんと理由を話してくれればお金を（　　　）。

　　　1. 貸さないではすまない　　　　　　2. 貸さないものでもない

　　　3. 貸さずにはおかない　　　　　　　4. 貸さずにはすまない

中譯　如果好好的跟我說原因的話，未必不會借你錢。

解析　選項1「貸さないではすまない」和選項4「貸さずにはすまない」的意思相
　　　同，都是「不得不借給他」，所以都不會是答案。選項2「貸さないものでも
　　　ない」是「未必不會借給他」；選項3「貸さずにはおかない」則為「一定不
　　　會借給他」，故答案為2。

（　　）⑥ あのレストランのまずさときたら。2度と（　　　）。

　　　1. 行かないでもない　　　　　　　　2. 行かないでおかない

　　　3. 行こうにもいけない　　　　　　　4. 行くものか

中譯　說到那家餐廳有多難吃，不可能再去了！

解析　選項1「行かないでもない」是「未必不會去」的意思；選項2「行かないで
　　　おかない」則為「一定會去」；選項3「行こうにもいけない」為「想去也沒
　　　辦法去」；選項4「行くものか」則屬於N2句型，「～ものか」表示「強烈否
　　　定」，所以可翻譯為「不可能會去！」或是「難道還會去嗎？」。雖然前三個
　　　選項屬於N1句型，但依句意，答案為4。

（　　）⑦ 息子は大学院に入るといって必死でがんばっているが、夜も寝ていない
　　　ようだし、食欲もない。今は息子の健康（　　　）が心配だ。

　　　1. すら　　　　　　2. さえ　　　　　　3. のみ　　　　　　4. だに

中譯　兒子說要進研究所，正拚命地努力，但是晚上好像都沒睡覺，也沒有食慾。現
　　　在只擔心兒子的健康。

解析　「～すら」為N1句型、「～さえ」為N2句型，用法相同，都是「連～」的
　　　意思，所以不是答案。「～だに」是「光～也～」的意思；「～のみ」則是
　　　「只～」，故答案為3。

（　　）⑧ 驚いたことに、あの子の証言は何から何までうそ（　　　）であった。

　　　1. まみれ　　　　　2. がち　　　　　　3. ついでに　　　　4. ずくめ

中譯 令人驚訝的是，那孩子的證詞從頭到尾全是假的。

解析 「～まみれ」是「滿是～」的意思，用來表示沾滿令人不舒服的液體、或是微小的東西；「～がち」是「容易～」；「～ついでに」是「順便～」的意思；「～ずくめ」表示「清一色～、全部～」，故答案為4。

（　）⑨ 彼女の演技はすばらしい。見る人を感動させ（　　　）だろう。

1. ずにはすまない　　　　　　　　2. ずにはおかない

3. ざるをえない　　　　　　　　　4. ようもない

中譯 她的演技非常棒。一定會讓看的人感動吧！

解析 「～ずにはすまない」是「不得不～」的意思；「～ずにはおかない」則為「一定會～」；「～ざるをえない」則表示無論如何都無法避免；「～ようもない」則有「沒辦法～」的意思，故答案為2。

（　）⑩ この掃除機はデザインも（　　　）、機能性にも優れている。

1. まして　　　　　2. さておき　　　　3. かまわず　　　　4. さることながら

中譯 這台吸塵器設計不用說，功能也很優異。

解析 和選項1相關的句型只有「～にもまして」（更甚～），所以不是答案。選項2「さておき」要加上「は」，成為「～はさておき」，意思為「姑且不論～」；而「～も＋かまわず」表示「不在意」；「～も＋さることながら」則是「～不容忽視、～不用說」的意思，故答案為4。

問題VI　次の文の__★__に入る最もよいものを、1・2・3・4から一つ選びなさい。

（　）① その大きな計画を実行できる企業は、その_____　__★__　_____

_____。

1. ない　　　　　　2. おいて　　　　3. 会社を　　　　4. ほかには

→　その大きな計画を実行できる企業は、その会社をおいてほかにはない。

中譯 能夠執行那個大計畫的企業，除了那家公司以外，沒有其他的了。

解析 本題考「～をおいて」這個句型，意思是「除了～以外，（沒有～）」，故答案為2。

（　）② 電車に＿＿＿＿　＿＿＿＿　＿＿＿＿　＿★＿目の前でドアが閉まって
　　　しまった。

　　　1. と　　　　　　　2. きや　　　　　3. 乗れる　　　　4. 思い

　→　電車に乗れると思いきや目の前でドアが閉まってしまった。

中譯 本以為搭得上電車，結果車門就在眼前關了起來。

解析 本題考「～と思いきや」（原本以為～）這個句型，故答案為2。

（　）③ テニスの楽しさを＿＿＿＿　＿★＿　＿＿＿＿　＿＿＿＿、彼女は毎日やって
　　　いる。

　　　1. から　　　　　2. 知って　　　　3. もの　　　　4. という

　→　テニスの楽しさを知ってからというもの、彼女は毎日やっている。

中譯 自從知道了網球的樂趣，她每天都打。

解析 本題考「～てからというもの」這個句型，意思為「自從～，（一直～）」，
　　　故答案為1。

（　）④ ダムの建設のために、この周辺の人々は＿＿＿＿　＿＿＿＿　＿★＿　＿＿＿＿。

　　　1. された　　　　2. 余儀　　　　　3. 引越しを　　　4. なく

　→　ダムの建設のために、この周辺の人々は引越しを余儀なくされた。

中譯 為了建設水庫，這週邊的人們不得已被迫搬遷。

解析 本題考「～を余儀なくされる」這個句型，意思是「不得已被迫～」，故答案
　　　為4。

（　）⑤ 単身赴任の田中さんは＿＿＿＿　＿★＿　＿＿＿＿　＿＿＿＿いるようだ。

　　　1. こととて　　　2. して　　　　　3. 苦労　　　　　4. 慣れぬ

　→　単身赴任の田中さんは慣れぬこととて苦労しているようだ。

中譯 單身赴任的田中先生由於不習慣，所以好像很辛苦。

解析 「～こととて」表示因果關係，一般可譯為「因為～、由於～」，故答案為1。

模擬試題第三回

問題I ＿＿＿＿の言葉の読み方として最もよいものを1・2・3・4から
一つ選びなさい。

（　）① 犯人によって拘束された人質を救出した。

1. じんしつ　　　2. じんしち　　　3. ひとじち　　　4. ひとしち

（　）② あの店はいつも繁盛している。

1. はんせい　　　2. はんぜい　　　3. はんしょう　　4. はんじょう

（　）③ 獲物を担いで帰る。

1. かくもつ　　　2. かくぶつ　　　3. とりもの　　　4. えもの

（　）④ 魚が餌に群がる。

1. いやがる　　　2. むらがる　　　3. むれがる　　　4. ぐんがる

（　）⑤ 日本経済は短期間で目覚ましい発展を遂げた。

1. つげた　　　　2. こげた　　　　3. ぬげた　　　　4. とげた

問題II （　　　）に入れるのに最もよいものを、1・2・3・4から一つ
選びなさい。

（　）① 私はその事件と（　　　）無関係だ。

1. まるっきり　　2. もっぱら　　　3. はなはだ　　　4. まさしく

（　）② そんな（　　　）気持ちではいけないよ。

1. あやふやな　　2. こっけいな　　3. すこやかな　　4. こまやかな

（　）③ 輸出関連企業の経営は円高で（　　　）いる。

1. おどされて　　　　　　　　2. ひやかされて

3. おだてられて　　　　　　　4. おびやかされて

（　）④ 残業で疲れたが、お風呂に入ったら（　　）した。

1. さっぱり　　　2. めっきり　　　3. くっきり　　　4. しっかり

（　）⑤ 授業のプリントはひとつにまとめて（　　）に入れてある。

1. カルテ　　　2. ファイル　　　3. タイトル　　　4. データ

問題III　　　　　の言葉に意味が最も近いものを、1・2・3・4から一つ選びなさい。

（　）① 人を<u>だまして</u>お金をとる。

1. あざむいて　　2. まよわせて　　3. はげまして　　4. くやませて

（　）② 書類を<u>一括して</u>送る。

1. 整理して　　　2. ファイルして　3. 用意して　　　4. まとめて

（　）③ <u>あえて</u>驚くにあたらない。

1. わざわざ　　　2. むりに　　　3. べつに　　　4. まったく

（　）④ 勘違いと知って<u>恥ずかしく</u>なった。

1. うっとうしく　　　　　　　2. こころぼそく

3. なやましく　　　　　　　　4. きまりわるく

（　）⑤ <u>肝心な</u>話を忘れていた。

1. 用心な　　　2. 大切な　　　3. 感心な　　　4. 健康な

問題Ⅳ　次の言葉の使い方として最もよいものを、1・2・3・4から
一つ選びなさい。

（　）① 脱線

　　1. あの子は隊列を<u>脱線</u>した。

　　2. 講義の途中ですぐに<u>脱線</u>する。

　　3. 彼は忘れっぽくて<u>脱線</u>する。

　　4. このセーターが<u>脱線</u>している。

（　）② ますます

　　1. 遠慮しないで<u>ますます</u>相談に来てください。

　　2. 働く女性は<u>ますます</u>増える一方だ。

　　3. きょうは<u>ますます</u>来客があった。

　　4. 大勢でやったので、仕事が<u>ますます</u>片付いた。

（　）③ 愚痴

　　1. 子どもだからと言って<u>愚痴</u>にしてはいけない。

　　2. 彼の言葉を<u>愚痴</u>にも信じてしまう。

　　3. くどくど<u>愚痴</u>を並べるな。

　　4. <u>愚痴</u>にもつかないことを言っちゃった。

（　）④ そらす

　　1. 急用で席を<u>そらす</u>。

　　2. うまく話を<u>そらす</u>。

　　3. 違反者をメンバーから<u>そらす</u>。

　　4. ガラス戸を<u>そらす</u>。

（　）⑤ 身近

　　1. 身近な将来、会社を作る。

　　2. 身近にあるものを使って、おもちゃを作った。

　　3. この学校は駅から身近だ。

　　4. 毎日利用する駅の身近に花屋がある。

**問題Ⅴ　次の文の（　　）に入れるのに最もよいものを、1・2・3・4
　　　　から一つ選びなさい。**

（　）① この天気では、今日のスポーツ大会は中止（　　）を得ない。

　　　1. する　　　　　2. すない　　　3. せざる　　　4. せずに

（　）② 田村さんのことを信頼すれば（　　）この仕事を頼むんです。

　　　1. こそ　　　　　2. さえ　　　　3. すら　　　　4. ゆえ

（　）③ 最近は年のせいか記憶力が衰えて、習う（　　）忘れてしまう。

　　　1. しだい　　　2. が早いか　　　3. ついでに　　　4. そばから

（　）④ 若いとき、貧しさ（　　）、高校に行けなかった。

　　　1. ゆえで　　　2. ゆえに　　　3. からに　　　4. からは

（　）⑤ あのう、今日の午後、少し早めに（　　）いただけませんか。

　　　1. 帰らせて　　　2. 帰られて　　　3. 帰させて　　　4. 帰らされて

（　）⑥ あの女優は見かけは若く見えるが、実際の年齢はもう40歳を
　　　超えているのでは（　　）。

　　　1. あるまいか　　2. あるものか　　3. あるまい　　　4. ないだろう

（　）⑦ 彼女は長い間、考え抜いて離婚を決意したようだ。今さら、
　　　 ご主人が何を（　　　）、彼女の気持ちが変わることはないだろう。

　　　 1. 言うまいと　　　　　　　　2. 言うによっては

　　　 3. 言ったとあって　　　　　　4. 言ったところで

（　）⑧ あの候補者は選挙に（　　　）に、どんな汚い手も使った。

　　　 1. 勝つなり　　　　　　　　　2. 勝とうがゆえ

　　　 3. 勝たんがため　　　　　　　4. 勝つうち

（　）⑨ 社長がこの提案に反対することは想像（　　　）。

　　　 1. にかぎらない　　　　　　　2. には及ばない

　　　 3. にかたくない　　　　　　　4. にたえない

（　）⑩ これは国の将来に（　　　）重大な問題であるから、慎重に
　　　 議論すべきである。

　　　 1. 関して　　　　 2. 対する　　　 3. かかわる　　　 4. ついて

**問題VI　次の文の＿＿★＿＿に入る最もよいものを、1・2・3・4から一つ
　　　　 選びなさい。**

（　）① 彼は身長＿＿＿＿　＿＿＿＿　＿＿★＿　＿＿＿＿だ。

　　　 1. 大男　　　　 2. ある　　　　 3. から　　　　 4. 2メートル

（　）② あの子は＿＿＿＿　＿＿★＿　＿＿＿＿　＿＿＿＿私をにらみつけた。

　　　 1. つかん　　　 2. かみ　　　　 3. 顔で　　　　 4. ばかりの

（　）③ このような賞がいただけるとは、＿＿＿＿　＿＿★＿　＿＿＿＿　＿＿＿＿
　　　 でした。

　　　 1. 思いません　 2. 夢　　　　　 3. に　　　　　 4. だに

（　　）④ 今年の果物は適度な雨量と温暖な気候＿＿★＿＿　＿＿＿＿　＿＿＿＿

＿＿＿＿なった。

1. と　　　　　　　2. 豊作と　　　3. が　　　　　　4. 相まって

（　　）⑤ クラスの陳君のスピーチの＿＿＿＿　＿＿＿＿　＿＿＿＿　＿＿★＿＿。

うらやましいかぎりだ。

1. ない　　　　　　2. うまさ　　　3. いったら　　4. と

模擬試題第三回　解答

問題 I	① 3	② 4	③ 4	④ 2	⑤ 4

問題 II	① 1	② 1	③ 4	④ 1	⑤ 2

問題 III	① 1	② 4	③ 3	④ 4	⑤ 2

問題 IV	① 2	② 2	③ 3	④ 2	⑤ 2

問題 V	① 3	② 1	③ 4	④ 2	⑤ 1
	⑥ 1	⑦ 4	⑧ 3	⑨ 3	⑩ 3

問題 VI	① 2	② 1	③ 3	④ 1	⑤ 1

※ 計分方式：問題 I 答對一題可得二分，問題 II～VI答對一題可得三分，
　　　　　　滿分一百分。

模擬試題第三回　中譯及解析

問題 I ＿＿＿の言葉の読み方として最もよいものを 1・2・3・4から
一つ選びなさい。

（　）① 犯人によって拘束された人質を救出した。

1. じんしつ　　　　2. じんしち　　　　3. ひとじち　　　　4. ひとしち

中譯 救出被犯人拘禁的人質。

解析 先注意「人質」的二個漢字是「前訓後音」唸法，所以選項 1、2 均可先排
除。此外，「質」在此處不是發「質問」的「質」，也不是「質屋」（當舖）的
「質」，而是要音變為「質」，故答案為 3。

（　）② あの店はいつも繁盛している。

1. はんせい　　　　2. はんぜい　　　　3. はんしょう　　　4. はんじょう

中譯 那家店總是生意興隆。

解析 「繁盛」（興隆）這個漢詞，雖然發音上都是音讀，但要小心「盛」在此處
較特殊，發「じょう」的音，而非一般常見的「せい」（例如「盛大」、「全
盛」），故答案為 4。此外，發「せい」或「じょう」的漢字，除了「盛」以
外，還有「成」、「静」，也請一併記住。

（　）③ 獲物を担いで帰る。

1. かくもつ　　　　2. かくぶつ　　　　3. とりもの　　　　4. えもの

中譯 扛著獵物回家。

解析 「獲物」（獵物）的二個漢字都是訓讀，所以「物」不是「もつ」、也不是「ぶ
つ」，而是「もの」，而「獲る」的發音和「得る」（得到）相同，故答案為 4。

（　）④ 魚が餌に群がる。

1. いやがる　　　　2. むらがる　　　　3. むれがる　　　　4. ぐんがる

中譯 魚兒聚在餌邊。

解析 「群」的音讀為「群」（例如「群衆」），訓讀則是「群れる」和「群がる」等發音，都有「成群、群聚」的意思，因此選項3、4均非正確答案，答案為2。

（　）⑤ 日本経済は短期間で目覚ましい発展を遂げた。

    1. つげた　　　　　2. こげた　　　　　3. ぬげた　　　　　4. とげた

中譯 日本經濟在短時間內達到驚人的發展。

解析 選項1是「告げる」（告訴、通知）；選項2是「焦げる」（燒焦）；選項3是「脱げる」（掉下、脱落）；選項4是「遂げる」（達到、完成），故答案為4。

問題II　（　　）に入れるのに最もよいものを、1・2・3・4から一つ選びなさい。

（　）① 私はその事件と（　　）無関係だ。

    1. まるっきり　　2. もっぱら　　3. はなはだ　　4. まさしく

中譯 我和那個事件完全無關。

解析 本題考副詞，「まるっきり」是「完全、全然」的意思；「もっぱら」是「主要、都～」；「はなはだ」是「相當地」；「まさしく」是「的確、誠然」的意思，故答案為1。

（　）② そんな（　　）気持ちではいけないよ。

    1. あやふやな　　2. こっけいな　　3. すこやかな　　4. こまやかな

中譯 不可以那樣三心二意喔！

解析 本題考「ナ形容詞」，「あやふや」是「含糊不清、曖昧的」的意思；「こっけい」是「滑稽的」的意思；「すこやか」是「健康的」；「こまやか」則是「深厚的」，故答案為1。

（　）③ 輸出関連企業の経営は円高で（　　）いる。

    1. おどされて　　2. ひやかされて　　3. おだてられて　　4. おびやかされて

中譯 出口相關企業的經營，因日圓升值而受到威脅。

解析 四個選項均為被動形，應先將選項都改為辭書形比較好判斷意義，選項1是「**脅す**」（嚇唬），所以「**脅される**」是「被恐嚇」；選項2則為「**冷やかす**」（冷卻、挖苦），所以「**冷やかされる**」是「被冷卻、被挖苦」；選項3是「**煽てる**」（奉承、煽動），「**煽てられる**」就有「受奉承、被煽動」的意思；選項4是「**脅かす**」（威脅），因此「**脅かされる**」為「被威脅」的意思，故答案為4較合適。

( )④ 残業で疲れたが、お風呂に入ったら（　　）した。

　　　1. さっぱり　　　　2. めっきり　　　3. くっきり　　　4. しっかり

中譯 雖然加班很累，但泡個澡後就舒暢了。

解析 本題考副詞，「さっぱり」是「乾淨、痛快」；「めっきり」是「急遽、明顯地」；「くっきり」是「清清楚楚、顯眼地」；「しっかり」是「好好地」，故答案為1。

( )⑤ 授業のプリントはひとつにまとめて（　　）に入れてある。

　　　1. カルテ　　　　2. ファイル　　　3. タイトル　　　4. データ

中譯 上課講義整理在一起，放入檔案夾中。

解析 本題考外來語，「カルテ」是「病歷表」；「ファイル」是「檔案夾」；「タイトル」是「標題」；「データ」是「資料、數據」，故答案為2。

問題III _____の言葉に意味が最も近いものを、1・2・3・4から一つ選びなさい。

( )① 人をだましてお金をとる。

　　　1. あざむいて　　　2. まよわせて　　　3. はげまして　　　4. くやませて

中譯 用騙人的方式取得金錢。

解析 「騙す」是「欺騙、騙人」的意思，而選項1是「**欺く**」（欺騙）；選項2是「**迷わせる**」（讓人迷惑）；選項3是「**励ます**」（激勵）；選項4是「**悔やませる**」（讓人懊悔），故1才是正確答案。

（　）② 書類を<u>一括して</u>送る。

   1. 整理して   2. ファイルして 3. 用意して 4. まとめて

中譯 把文件全部一起寄送。

解析 「一括する」有「總括」及「彙整」的意思，而選項1「整理する」是「整理」；選項2「ファイルする」是「歸檔」；選項3「用意する」是「準備」；選項4「まとめる」則是「歸納、匯集」的意思，故4才是最適合的答案。

（　）③ <u>あえて</u>驚くにあたらない。

   1. わざわざ 2. むりに   3. べつに   4. まったく

中譯 不足為奇。

解析 「あえて」如果是肯定句裡出現，和「わざわざ」類似，都有「特意地」的意思，但如果是否定句的話，和「べつに」類似，有著「不見得、不必」的意思，故本題答案應為3。而選項2「むりに」是「勉強地」的意思；選項4「まったく」則有「實在、完全（不）」的意思。

（　）④ 勘違いと知って<u>恥ずかしく</u>なった。

   1. うっとうしく   2. こころぼそく

   3. なやましく   4. きまりわるく

中譯 知道是自己誤會了，變得很不好意思。

解析 「恥ずかしい」是「丟臉的、不好意思的」，而選項1「うっとうしい」是「鬱悶的」；選項2「こころぼそい」是「不安的、擔心的」；選項3「なやましい」是「難受的、痛苦的」；選項4「きまりわるい」是「不好意思的、尷尬的」，故答案為4。

（　）⑤ <u>肝心な</u>話を忘れていた。

   1. 用心な   2. 大切な   3. 感心な   4. 健康な

中譯 忘記了關鍵的話。

解析 「肝心」是「關鍵的」，而選項1「用心」是「小心的」；選項2「大切」是「重要的」；選項3「感心」是「佩服的」；選項4「健康」是「健康的」，所以答案為2。

問題Ⅳ　次の言葉の使い方として最もよいものを、１・２・３・４から一つ
　　　　選びなさい。

（　）① 脱線
　　　　1. あの子は隊列を脱線した。
　　　　2. 講義の途中ですぐに脱線する。
　　　　3. 彼は忘れっぽくて脱線する。
　　　　4. このセーターが脱線している。

中譯 課上一半就離題。

解析 「脱線」的基本義是「（火車）出軌」，此處的「線」指的是「線路」（軌道），而衍生為「脱離常軌」、「離題」，因此答案為2。選項3、4都是「台式日文」，讀者請不要這麼用。

（　）② ますます
　　　　1. 遠慮しないでますます相談に来てください。
　　　　2. 働く女性はますます増える一方だ。
　　　　3. 今日はますます来客があった。
　　　　4. 大勢でやったので、仕事がますます片付いた。

中譯 職業婦女不斷增加。

解析 「ますます」是「更～、愈～」的意思，其他三個選項，都應改為「どんどん」才合理。選項1成為「遠慮しないでどんどん相談に来てください」（請不要客氣，盡量來討論）；選項3則成為「きょうはどんどん来客があった」（今天不停地有客人來）；選項4則成為「大勢でやったので、仕事がどんどん片付いた」（因為很多人做，所以工作很快就做完了）。

（　）③ 愚痴
　　　　1. 子どもだからと言って愚痴にしてはいけない。
　　　　2. 彼の言葉を愚痴にも信じてしまう。
　　　　3. くどくど愚痴を並べるな。
　　　　4. 愚痴にもつかないことを言っちゃった。

中譯 不要嘮嘮叨叨地抱怨！

解析 「愚痴」是「抱怨、怨言」的意思，因此答案為3。選項1應改為「ばか」，「ばかにする」有「輕視、小看」的意思，所以「子どもだからと言ってばかにしてはいけない」（雖然是小孩子，但不可小看他）；選項2則適合改為「愚か」（愚笨），而成為「彼の言葉を愚かにも信じてしまう」（笨笨地相信他的話）；選項4則要改為「愚」，「愚にもつかないことを言っちゃった」則是「說了蠢到不行的話」。

（　）④ そらす
　　　1. 急用で席をそらす。
　　　2. うまく話をそらす。
　　　3. 違反者をメンバーからそらす。
　　　4. ガラス戸をそらす。

中譯 巧妙地岔開話題。

解析 「そらす」有「偏離、岔開」的意思，故答案為2。其他選項都應改為「はずす」，選項1成為「急用で席をはずす」（因急事而離開座位）；選項3則成為「違反者をメンバーからはずす」（將違反者從成員中剔除）；選項4則是「ガラス戸をはずす」（拆下玻璃門）。

（　）⑤ 身近
　　　1. 身近な将来、会社を作る。
　　　2. 身近にあるものを使って、おもちゃを作った。
　　　3. この学校は駅から身近だ。
　　　4. 毎日利用する駅の身近に花屋がある。

中譯 使用身邊有的東西做了玩具。

解析 「身近」是「身邊」的意思，故答案為2。選項1應改為「近い」（近的），成為「近い将来、会社を作る」（在不久的將來，要開一家公司）；選項3也是應該改為「近い」才恰當，變成「この学校は駅から近い」（這所學校離車站很近）；選項4則是改為「近く」（附近），成為「毎日利用する駅の近くに花屋がある」（每天搭車的車站附近有花店）。

問題Ⅴ　次の文の（　）に入れるのに最もよいものを、１・２・３・４から一つ選びなさい。

（　）① この天気では、今日のスポーツ大会は中止（　）を得ない。

　　　1. する　　　　　2. すない　　　　　3. せざる　　　　4. せずに

中譯 這樣的天氣，今天的運動會不得不終止。

解析 「～ざるを得ない」表示「不得已～、不得不～」的意思，前面的動詞如果是「する」的話，要變成「せざるを得ない」，故答案為3。

（　）② 田村さんのことを信頼すれば（　）この仕事を頼むんです。

　　　1. こそ　　　　　2. さえ　　　　　3. すら　　　　4. ゆえ

中譯 正是因為信任田村先生，所以才拜託他這個工作。

解析 「こそ」有「～才」的意思，而「假定形＋こそ」表示「正因為～」；「さえ」和「すら」都是「連～」，而「ゆえ」則是表示因果關係的「接續詞」，故答案為1。

（　）③ 最近は年のせいか記憶力が衰えて、習う（　）忘れてしまう。

　　　1. しだい　　　　2. が早いか　　　　3. ついでに　　　4. そばから

中譯 最近大概是因為年紀的關係吧，記憶力減退，學了之後馬上就忘掉了。

解析 「～しだい」和「～が早いか」以及「～そばから」都有「一～就～」的意思，但「～しだい」用於意志性的動作、「～が早いか」重點在於表示幾乎「同時」發生，只有「～そばから」可以用來表示「重複」的事件，故答案為4。此外選項3「～ついでに」則是「～順便」的意思。

（　）④ 若いとき、貧しさ（　）、高校に行けなかった。

　　　1. ゆえで　　　　2. ゆえに　　　　3. からに　　　　4. からは

中譯 年輕時因為窮，所以沒能讀高中。

解析 「～ゆえ（に）」表示因果關係，「ゆえ」後的「に」可以省略，但不能改為「で」，因此選項1不是正確答案，正確答案為2。

（　）⑤ あのう、今日の午後、少し早めに（　　　）いただけませんか。
　　　1. 帰らせて　　　　2. 帰られて　　　　3. 帰させて　　　　4. 帰らされて

中譯 嗯，今天下午能不能請您讓我稍微提早回家呢？

解析 本題考授受動詞和使役動詞的配合用法，「～ていただけませんか」是「能不能請您～」的意思，加上使役的「～させる」（讓）後，成為「～させていただけませんか」，意思成為「能不能請您讓我～」，選項1是使役動詞、選項2是被動動詞、選項3和選項4則都是錯誤的動詞變化（「帰る」的使役被動形應為「帰らせられる」或「帰らされる」），故答案為1。

（　）⑥ あの女優は見かけは若く見えるが、実際の年齢はもう４０歳を超えているのでは（　　　）。
　　　1. あるまいか　　　2. あるものか　　　3. あるまい　　　4. ないだろう

中譯 那個女演員外表看起來年輕，但是實際年齡該不會已經超過四十歲了吧！

解析 本題考「～まいか」這個N2範圍的句型，意思就像「～ないだろうか」（不會～吧！），故答案為1。

（　）⑦ 彼女は長い間、考え抜いて離婚を決意したようだ。今さら、ご主人が何を（　　　）、彼女の気持ちが変わることはないだろう。
　　　1. 言うまいと　　　　　　　　2. 言うによっては
　　　3. 言ったとあって　　　　　　4. 言ったところで

中譯 她好像是經過長時間的考慮才決定離婚的。事到如今，即使先生再說什麼，她的想法都不會改變吧！

解析 「動詞た形＋ところで」為N2句型，用來表示「逆態接續」，所以一般都譯為「即使～也～」，故答案為4。

（　）⑧ あの候補者は選挙に（　　　）に、どんな汚い手も使った。
　　　1. 勝つなり　　　2. 勝とうがゆえ　　3. 勝たんがため　　4. 勝つうち

中譯 那位候選人為了贏得選舉，不管什麼骯髒的招式都用了。

解析 「動詞（ない）形＋んがため」用來表示「目的」，一般都可以譯為「為了～」，故答案為3。

（　）⑨ 社長がこの提案に反対することは想像（　　　）。

1. にかぎらない　　2. には及ばない　　3. にかたくない　　4. にたえない

中譯 不難想像社長會反對這個提案。

解析 「～にかぎらない」是「不限～」；「～には及ばない」不在N1範圍，但卻是常出現的句型，意思為「用不著～、不必～」；「～にかたくない」是「不難～」；「～にたえない」是「不值得～」，故答案為3。

（　）⑩ これは国の将来に（　　　）重大な問題であるから、慎重に議論すべきである。

1. 関して　　　　　2. 対する　　　　　3. かかわる　　　　4. ついて

中譯 因為這是攸關國家未來的重大問題，所以應該慎重的討論。

解析 「～に関して」和「～について」意思和用法都相同，所以應該不會是答案（若選項1改為「～（に）関する」，則可修飾後面的名詞，就會是正確的句子）。「～に対する」是「對於～」的意思，「～にかかわる」則有「攸關～、關乎～」的意思，故答案為3。

問題Ⅵ　次の文の＿★＿に入る最もよいものを、１・２・３・４から一つ選びなさい。

（　）① 彼は身長＿＿＿＿　＿＿＿＿　＿★＿　＿＿＿＿だ。

1. 大男　　　　　2. ある　　　　　3. から　　　　4. ２メートル

→ 彼は身長２メートルからある大男だ。

中譯 他是個身高至少有二公尺的大漢。

解析 「～からある」表示「至少有～」，故答案為2。

（　）② あの子は＿＿＿＿　＿★＿　＿＿＿＿　＿＿＿＿私をにらみつけた。

1. つかん　　　　2. かみ　　　　3. 顔で　　　　4. ばかりの

→ あの子はかみつかんばかりの顔で私をにらみつけた。

中譯 那孩子用幾乎要咬住我的表情瞪我。

解析 本題考「～んばかり（の）」這個句型，意思為「幾乎要～」，故答案為1。

（　）③ このような賞がいただけるとは、＿＿＿　＿＿＿　＿＿＿　＿＿＿でした。

　　　　1. 思いません　　　2. 夢　　　　　　3. に　　　　　　4. だに

　→　このような賞がいただけるとは、夢にだに思いませんでした。

中譯 居然能得到這個獎，真是做夢也想不到。

解析 本題考「～だに」（就算～也～）這個句型，故答案為3。

（　）④ 今年の果物は適度な雨量と温暖な気候＿★＿　＿＿＿　＿＿＿　＿＿＿

　　　なった。

　　　　1. と　　　　　　　2. 豊作と　　　　3. が　　　　　　4. 相まって

　→　今年の果物は適度な雨量と温暖な気候とが相まって豊作となった。

中譯 適度的雨量和溫暖的氣候相互影響，今年的水果大豐收。

解析 本題考「～と（が）相まって」這個句型，表示相輔相成、互相結合的意思，故答案為1。

（　）⑤ クラスの陳君のスピーチの＿＿＿　＿＿＿　＿＿＿　＿★＿。うらやま

　　　しいかぎりだ。

　　　　1. ない　　　　　　2. うまさ　　　　3. いったら　　　4. と

　→　クラスの陳君のスピーチのうまさといったらない。うらやましいかぎりだ。

中譯 班上陳同學的演講好得沒話說。真是非常羨慕。

解析 本題考「～といったらない」這個句型，意思為「非常～」，故答案為1。

新日檢N1言語知識
（文字‧語彙‧文法）全攻略

附　錄
N2文法整理篇

　　N1的文法考題中，也會出現N2範圍的題目。本書最後將N2相關文法做精簡的整理，希望考生可以用最短的時間，快速地瀏覽，相信對考試會有極大的助益。

　　N1的文法考題中，約有10%～20%是N2範圍的題目。考生往往忙著準備N1，而忽略掉N2文法在考試中的重要性。讀者做完先前的模擬題後，應該也會發現N2的文法反而會成為答題的關鍵。況且，即便前一年已經通過N2，相關文法也未必真的都記住了。注意！N1的合格標準為總分至少100分，同時言語知識一科不得低於19分，若光靠N1範圍的文法，就想通過考試，風險實在太大了。若是一、二分之差而通過或落榜，都是因為N2文法吧！因此，在本書最後，將N2相關文法做精簡的整理，希望考生可以用最短的時間，快速地瀏覽一下相關句型，相信對考試會有極大的助益。

一　接尾語・複合語

（一）接尾語

↘文法 001　～だらけ　滿是～、全是～

例句 ▶ 交通事故にあった被害者は血だらけであった。

發生車禍的受害者滿身是血。

↘文法 002　～っぽい　感到～、容易～

例句 ▶ 年のせいか、このごろ忘れっぽくなってしまった。

大概是年紀的關係，最近變得很健忘。

↘文法 003　～がち　常常～、容易～

例句 ▶ 父は病気がちなので、あまり働けない。

父親很容易生病，所以不太能工作。

↘文法 004 ～気味(ぎみ)　覺得有點～

例句 ▶ どうも風邪(かぜ)気味(ぎみ)で、寒気(さむけ)がする。

覺得好像感冒了，有點發冷。

↘文法 005 ～げ　看起來～、好像～

例句 ▶ 彼(かれ)は寂(さび)しげに、1人(ひとり)でそこに座(すわ)っている。

他看起來很寂寞地一個人坐在那裡。

（二）複合語

↘文法 006 ～かけだ ／ ～かける ／ ～かけの
剛（開始）～、還沒～完

例句 ▶ 食卓(しょくたく)には食(た)べかけのりんごが残(のこ)っている。

餐桌上留著顆吃一半的蘋果。

↘文法 007 ～きる ／ ～きれる　完成、做完

例句 ▶ あの本(ほん)は発売(はつばい)と同時(どうじ)に売(う)りきれてしまった。

那本書在發售的同時就賣光了。

↘文法 008 ～ぬく　非常、堅持到底

例句 ▶ これは考(かんが)えぬいて出(だ)した結論(けつろん)です。

這是想到最後做出的結論。

文法 009 ～得る / ～得る / ～得ない
能～、可以～ / 不可能～、不可以～

例句 ▶ そういうことはあり得ないと思う。

我覺得那樣的事是不可能的。

文法 010 ～かねない　有可能（變成不好的結果）

例句 ▶ 田中さんのことだから、人に言いかねない。

因為是田中先生，所以有可能會跟別人說。

文法 011 ～かねる　不能～、無法～

例句 ▶ 申し訳ありませんが、私には分かりかねます。

很抱歉，我難以理解。

文法 012 ～がたい　很難～、難以～

例句 ▶ そういうことはちょっと信じがたい。

那樣的事有點難以相信。

二　副助詞

文法 013 ～くらい / ～ぐらい　①表程度②表輕視～之類的

例句 ▶ 頭が痛くて、がまんできないぐらいだった。

頭痛得快要受不了了。

文法 014　〜ほど　①表程度②愈〜、愈〜

例句 ▶ 足が痛くて、もう1歩も歩けないほどだ。

腳痛得幾乎一步也走不動了。

文法 015　〜ばかりか／〜ばかりでなく　不僅〜而且〜

例句 ▶ 太郎は頭がいいばかりでなく、心の優しい子だ。

太郎不只聰明，還是個心地善良的小孩。

文法 016　〜ばかりに　只是因為〜

例句 ▶ 数学の先生が嫌いなばかりに、数学も嫌いになってしまった。

只是因為討厭數學老師，就連數學也討厭了。

文法 017　〜から〜にかけて　從〜到〜

例句 ▶ 夜中から明け方にかけて何回か大きな地震があった。

從半夜到天亮，發生了數次大地震。

文法 018　〜さえ／〜でさえ　甚至〜、連〜都〜

例句 ▶ もうすぐ結婚するというのに、簡単な料理さえできない。

馬上就要結婚了，連簡單的菜都不會做。

文法 019　〜さえ〜ば／〜さえ〜なら　只要〜就〜

例句 ▶ 携帯電話さえあれば、カメラも時計も要らない。

只要有手機，相機、鐘錶都不需要了。

文法 020 〜も〜ば〜も / 〜も〜なら〜も　又〜又〜

例句 ▶ あの人は踊り<u>も</u>上手<u>なら</u>歌<u>も</u>上手だ。

那個人舞跳得棒、歌也唱得棒。

文法 021 〜だけ / 〜だけあって / 〜だけに / 〜だけの
①正因為〜②正因為〜更加〜

例句 ▶ ここは一流レストラン<u>だけあって</u>、サービスがとてもいい。

正因為這裡是一流的餐廳，所以服務非常好。

文法 022 〜やら〜やら　又〜又〜、〜等等

例句 ▶ 泣く<u>やら</u>騒ぐ<u>やら</u>で、とても困った。

又哭又鬧，真是傷腦筋。

文法 023 〜こそ / 〜からこそ　〜才、正是〜

例句 ▶ あなただ<u>からこそ</u>、話すのです。ほかの人には言わないで
ください。

因為是你，我才說。請不要跟其他人說。

文法 024 たとえ〜ても / たとえ〜でも　即使〜也〜

例句 ▶ <u>たとえ</u>台風が来<u>ても</u>、仕事は休めません。

就算颱風來了，工作也無法休息。

文法 025 〜など／〜なんか／〜なんて　〜等等、〜之類的

例句 ▶ 忙しくて、新聞<u>など</u>読む暇もない。

忙得連報紙之類的都沒空看。

文法 026 〜きり（だ）　①之後就一直〜②只有〜

例句 ▶ 鈴木さんは2年前、アメリカへ行った<u>きり</u>帰ってこない。

鈴木先生二年前去了美國後，就一直沒有回來。

三　複合助詞

（一）「を〜」類

文法 027 〜を中心に（して）／〜を中心として　以〜為中心

例句 ▶ 今度の台風の被害は、神戸<u>を中心に</u>近畿地方全域に広がった。

這次颱風的受災以神戸為中心，遍及整個近畿地區。

文法 028 〜を問わず　不管〜、不問〜

例句 ▶ この店は昼夜<u>を問わず</u>営業している。

這間店不分晝夜都營業。

文法 029 〜をはじめ　以〜為首

例句 ▶ ご両親<u>をはじめ</u>、家族の皆さんによろしくお伝えください。

請幫我向您父母、及全家人問好。

文法 030　〜をもとに ／ 〜をもとにして　以〜為基準

例句 ▶ この映画は実際にあった話をもとに作られた。

這部電影是依據實際發生的事情拍的。

文法 031　〜をこめて　含著〜、充滿〜

例句 ▶ 妻は愛情をこめてお弁当を作ってくれた。

妻子滿懷愛意為我做了便當。

文法 032　〜を通じて ／ 〜を通して
①經由〜、透過〜 ②一直〜

例句 ▶ 友人を通じて彼女と知り合った。

經由朋友認識了女朋友。

文法 033　〜をめぐって　圍繞著〜、針對著〜

例句 ▶ 契約をめぐって、まだ討論が続いている。

針對契約，討論還在持續著。

文法 034　〜をきっかけに　以〜為契機

例句 ▶ 旅行をきっかけに、クラスのみんなが仲良くなった。

因為旅行這個機會，全班感情變好了。

文法 035　〜を契機に　以〜為契機

例句 ▶ 明治維新を契機に、日本は近代国家になった。

以明治維新為契機，日本成了現代化國家。

文法 036 　〜を〜として　把〜當作〜

例句 ▶ 田中さんを先生として、日本語の勉強を始めた。

把田中先生當作老師，開始學日文。

（二）「に〜」類

文法 037 　〜において／〜における　在〜、於〜

例句 ▶ 鈴木さんの結婚式は有名なホテルにおいて行われます。

鈴木先生的婚禮在知名飯店舉行。

文法 038 　〜に応じて　依〜

例句 ▶ 人は地位に応じて、社会的責任も重くなる。

人依地位不同，社會責任也會變重。

文法 039 　〜に代わって　代替〜、不是〜而是〜

例句 ▶ 社長に代わって、私がごあいさつさせていただきます。

請讓我代替社長，跟大家打聲招呼。

文法 040 　〜に比べて　比起〜、和〜相比

例句 ▶ 去年に比べて、今年の夏は暑い。

和去年相比，今年夏天很熱。

↘文法
041 ～に従って　隨著～、遵從～

例句▶ 南へ行くに従って、桜の花は早く咲く。

随著往南行，櫻花會愈早開。

↘文法
042 ～につれて　隨著～

例句▶ 寒くなるにつれて、オーバーの売上が伸びてきた。

隨著天氣變冷，大衣的銷售量提昇了。

↘文法
043 ～に対して　①對於～②相對於～

例句▶ 彼女は誰に対しても礼儀正しい。

她不管對誰都很有禮貌。

↘文法
044 ～について　關於～

例句▶ 大学では、日本の歴史について研究したいと思っています。

想要在大學研究關於日本的歷史。

↘文法
045 ～につき　由於～

例句▶ 本日は祭日につき、休業致します。

今天由於是國定假日，所以停業。

↘文法 046 　〜にとって　對於〜

例句 ▶ 空気は生物<ruby>空気<rt>くうき</rt></ruby>は<ruby>生物<rt>せいぶつ</rt></ruby>にとってなくてはならないものだ。

空氣對於生物是不可或缺的東西。

↘文法 047 　〜に<ruby>伴<rt>ともな</rt></ruby>って　伴隨著〜

例句 ▶ <ruby>都市<rt>とし</rt></ruby>の<ruby>拡大<rt>かくだい</rt></ruby>に<ruby>伴<rt>ともな</rt></ruby>って、<ruby>様々<rt>さまざま</rt></ruby>な<ruby>環境問題<rt>かんきょうもんだい</rt></ruby>が<ruby>生<rt>しょう</rt></ruby>じた。

隨著都市的擴大，產生了各種環境問題。

↘文法 048 　〜によって　①以〜②依〜而〜③由於〜 　　　　　　　　④表示無生物主語被動句之動作者

例句 ▶ あの<ruby>問題<rt>もんだい</rt></ruby>は<ruby>話<rt>はな</rt></ruby>し<ruby>合<rt>あ</rt></ruby>いによって<ruby>解決<rt>かいけつ</rt></ruby>した。

那個問題以協商解決了。

↘文法 049 　〜によると　根據〜

例句 ▶ <ruby>天気予報<rt>てんきよほう</rt></ruby>によると、<ruby>明日<rt>あした</rt></ruby>は<ruby>晴<rt>は</rt></ruby>れるそうだ。

根據氣象報告，聽說明天會放晴。

↘文法 050 　〜に<ruby>関<rt>かん</rt></ruby>して　關於〜

例句 ▶ <ruby>事故<rt>じこ</rt></ruby>の<ruby>原因<rt>げんいん</rt></ruby>に<ruby>関<rt>かん</rt></ruby>して、ただ<ruby>今調査中<rt>いまちょうさちゅう</rt></ruby>です。

關於意外的原因，目前正在調查。

↘文法 051 ～に加えて　不只～、加上～

例句 ▶ 雨に加えて、風も激しくなってきた。

不只是雨，連風也大了起來。

↘文法 052 ～にこたえて　回應～

例句 ▶ 社員の要求にこたえて、社員食堂を増設した。

回應員工的要求，增設了員工餐廳。

↘文法 053 ～に沿って　按照～、順著～

例句 ▶ 会社の方針に沿って、新しい計画を立てる。

依公司的政策，訂立新計畫。

↘文法 054 ～に反して　和～相反

例句 ▶ みんなの期待に反して、彼は試合に負けてしまった。

和大家的期待相反，他輸了比賽。

↘文法 055 ～に基づいて　基於～、以～為根據

例句 ▶ アンケート結果に基づいて、この商品が開発された。

根據問卷結果，開發了這項商品。

↘文法 056 ～にわたって　整個～、經過～

例句 ▶ 明日は関東地方の全域にわたって、雪が降ります。

明天整個關東地區都會下雪。

文法 057 　〜にあたって　當〜時候、於〜

例句 ▶ 研究発表をする<u>にあたって</u>、準備をしっかりする必要がある。

適值研究發表，需要確實準備。

文法 058 　〜にかけては　在〜方面

例句 ▶ 英語<u>にかけては</u>、田中君はいつもクラスで１番だ。

在英文方面，田中同學總是班上最棒的。

文法 059 　〜に際して　當〜之際

例句 ▶ 留学<u>に際して</u>、先生が励ましの言葉をくださった。

留學之際，老師給我了鼓勵的話語。

文法 060 　〜に先立って　在〜之前

例句 ▶ 工事開始<u>に先立って</u>、近所にあいさつをしなければならない。

開始施工前，一定要跟附近打聲招呼。

文法 061 　〜にしたら ／ 〜にすれば ／ 〜にしても
以〜立場的話

例句 ▶ 生徒<u>にすれば</u>、宿題は少ないほどいいだろう。

以學生的立場，作業愈少愈好吧。

↘文法
062 ～にしては　以～而言，卻～

例句 ▶ 彼は野球選手にしては、体が弱そうだ。

以棒球選手而言，他身體看來弱了點。

↘文法
063 ～にしろ／～にせよ／～にしても

①即使～也～②無論～還是～

例句 ▶ どんな優秀な人間にしろ、短所はあるものだ。

即使再優秀的人，都會有缺點。

↘文法
064 ～につけ（て）　①每當～②不論～還是～

例句 ▶ この歌を聞くにつけて、家族を思い出す。

每當聽到這首歌，就會想起家人。

（三）其他複合助詞

↘文法
065 ～として　作為～、以～身分

例句 ▶ 留学生として、日本に来ました。

以留學生身分，來到了日本。

↘文法
066 ～とともに　和～一起、隨著～

例句 ▶ 家族とともに、沖縄でお正月を過ごしたい。

想和家人一起在沖繩過年。

↘文法 067 〜からして ①從〜來看②光從〜就〜

例句 ▶ このような天気からして、登山は無理だろう。

從這樣的天氣來看，登山太勉強了吧！

↘文法 068 〜からすると／〜からすれば 以〜立場考量的話

例句 ▶ 現場の状況からすると、犯人は窓から逃げたようだ。

從現場狀況來看，犯人好像是從窗戶逃走的。

↘文法 069 〜からいうと／〜からいえば／〜からいって 從〜點判斷的話

例句 ▶ 今度の試験の成績からいうと、東大合格は確実だろう。

從這次的成績來看，考上東大是確定的吧！

↘文法 070 〜から見ると／〜から見れば／〜から見て 從〜來觀察

例句 ▶ 現場の状況から見ると、泥棒はこの窓から入ったと思われる。

從現場狀況來看，推斷小偷是從這個窗戶進來的。

↘文法 071 〜からには／〜からは 既然〜就〜

例句 ▶ 引き受けたからには、最後までやるべきだ。

既然答應了，就應該做到最後。

文法 072 ～はもちろん　當然、不用說

例句 ▶ 小学生はもちろん、大学生も漫画を読む。

小學生不用講，連大學生都看漫畫。

文法 073 ～はもとより　當然、不用說

例句 ▶ 日本語の勉強には、復習はもとより予習も大切だ。

學日文，複習是當然的，預習也很重要。

文法 074 ～はともかく　先不管～、姑且不論～

例句 ▶ 合格するかどうかはともかく、一応受験してみよう。

先不管會不會考上，就先考考看吧！

文法 075 ～もかまわず　也不管～、也不在乎～

例句 ▶ 彼女は人目もかまわず、泣き出した。

她不管其他人的眼光，哭了出來。

文法 076 ～のもとで／～のもとに　在～之下

例句 ▶ 鈴木先生のご指導のもとで、卒業論文を書き上げた。

在鈴木老師的指導之下，完成了畢業論文。

文法 077 ～際に（は）　～之際、在～時候

例句 ▶ 非常の際に、エレベーターは使わないでください。

緊急時，請不要使用電梯。

四 接續用法

↘文法 078 ～うえ（に） 而且～、再加上～

例句 ▶ この機械は使い方が簡単なうえに、軽い。

這台機器操作簡單，而且又輕巧。

↘文法 079 ～うちに ①在～期間②趁著～時

例句 ▶ 本を読んでいるうちに、いつのまにか眠ってしまった。

讀著書，不知不覺就睡著了。

↘文法 080 ～かわりに ①不做～而做～②以～代替

例句 ▶ 映画を見に行くかわりに、うちでビデオを見る。

不去看電影，而在家看錄影帶。

↘文法 081 ～最中に ／ ～最中だ 正當～的時候

例句 ▶ 試合の最中に、雨が降り出した。

正在比賽時，下起了雨。

↘文法 082 ～次第 一～就～

例句 ▶ あちらに着き次第、連絡します。

一到那裡，就立刻聯絡。

文法 083　〜たとたん（に）　一〜就〜

例句 ▶ 家を出たとたん、雨が降ってきた。

一出門就下起雨來。

文法 084　〜たび（に）　每當〜總是

例句 ▶ この写真を見るたびに、幼い日のことを思い出す。

每當看到這張照片，就會想起小時候。

文法 085　〜て以来　自從〜之後

例句 ▶ 日本に来て以来、ずっと大学院に通っています。

自從來到日本，就一直在讀研究所。

文法 086　〜とおりに／〜どおりに　如同〜、依照〜

例句 ▶ 先生のおっしゃったとおりにやってみましょう。

照著老師所說的做做看吧！

文法 087　〜ように　①如同〜②為了〜、希望〜

例句 ▶ ここに書いてあるように記入してください。

請如這裡所寫的填入。

文法 088　〜あまり　太〜、過於〜

例句 ▶ 感激のあまり、泣き出してしまった。

太過感動，哭了出來。

↘文法
089 **〜一方（で）** 一方面〜另一方面〜

例句 ▶ 子供は厳しく叱る一方で、褒めてやることも忘れてはいけない。

嚴厲的責罵小孩，另一方面也不可以忘了稱讚。

↘文法
090 **〜うえで** ①〜之後②表示重要的目的

例句 ▶ 親と先生とよく相談したうえで、進路を決めます。

和父母及老師好好商量後，再決定未來要走的路。

↘文法
091 **〜かぎり** ①只要〜②盡量〜

例句 ▶ 体が丈夫なかぎり、働きたい。

只要身體健康，我就想工作。

↘文法
092 **〜かと思うと／〜かと思ったら** 一〜就〜

例句 ▶ ベルが鳴ったかと思うと、教室を飛び出していった。

鐘聲一響，就衝出教室。

↘文法
093 **〜か〜ないかのうちに** 一〜就〜

例句 ▶ ベルが鳴ったか鳴らないかのうちに、教室を飛び出していった。

鐘聲一響，就衝出教室。

↘文法
094 **〜くせに** 明明〜卻〜

例句 ▶ あの人はお金がないくせに、買い物ばかりしている。

那個人明明沒錢，還一直買東西。

文法 095 ～上　在～上

例句 ▶ 日本語を勉強するのに、文法上の様々な規則は覚えなければ
ならない。

學日文時，一定要記住文法上的種種規則。

文法 096 ～末に　～結果、～之後

例句 ▶ 何度も同じ試験を受けた末に、ついに合格した。

考了好幾次一樣的考試之後，終於考過了。

文法 097 ～ついでに　順便～

例句 ▶ スーパーへ行ったついでに、郵便局に寄って手紙を出してきた。

去超市，順路到郵局寄個信。

文法 098 ～というと / ～といえば　說到～

例句 ▶ 夏のスポーツといえば、やっぱり水泳ですね。

說到夏天的運動，還是游泳呀！

文法 099 ～といったら　說到～真是令人～

例句 ▶ その時のうれしさといったら、口では言い表せないほどだった。

說到當時的喜悅，幾乎是無法用言語表達呀！

文法 100　～というより　與其說是～不如說是～

例句 ▶ 暖房が効きすぎて、暖かいというより暑い。

暖氣開太強了，與其說是暖和，還不如說很熱。

文法 101　～あげく　～結果、最後～

例句 ▶ 両親との口論のあげく、家を出ていった。

和父母口角，最後離家出走了。

文法 102　～てからでないと／～てからでなければ

不先～就不行～

例句 ▶ 宿題が済んでからでないと、テレビを見てはいけない。

不先完成作業，就不可以看電視。

文法 103　～としたら　如果～

例句 ▶ もし日本に行くとしたら、どこがいいでしょうか。

如果要去日本，哪裡好呢？

文法 104　～ないことには　不～就不～

例句 ▶ 食べてみないことには、おいしいかどうか分からない。

不吃吃看，就不知道好不好吃。

文法 105 ～にかかわらず ／ ～にかかわりなく　不管～

例句 ▶ サッカーの試合は天候にかかわりなく、行われる。

足球比賽不管天候如何，都會舉行。

文法 106 ～にもかかわらず　儘管～但是～

例句 ▶ 次郎さんは若いにもかかわらず、しっかりしている。

次郎先生儘管很年輕，但卻很可靠。

文法 107 ～ぬきで ／ ～ぬきに ／ ～ぬきの　去除～

例句 ▶ 最近、朝食ぬきで学校に行く小学生が多いらしい。

最近不吃早飯就去上學的小學生好像很多。

文法 108 ～のみならず　不僅～

例句 ▶ 父のみならず、母までも私を信用してくれない。

不只父親，連母親都不相信我。

文法 109 ～反面 ／ ～半面　另一面～

例句 ▶ あの先生はやさしい反面、厳しいところもある。

那位老師很溫柔，另一方面卻也有很嚴厲的地方。

文法 110 ～わりに（は）　出乎意料～、卻～

例句 ▶ 太郎君は勉強しないわりには、成績がいい。

太郎同學都不讀書，成績卻很好。

↘文法
111 ～からといって　雖說～

例句 ▶ おいしいからといって、同じものばかり食べてはいけない。

雖說很好吃，但也不可以一直吃一樣的東西。

↘文法
112 ～といっても　就算～、雖說

例句 ▶ 日本で暮らしたことがあるといっても、実は2ヵ月だけなんです。

雖說曾經在日本生活過，但其實只有二個月。

↘文法
113 ～つつ　①一邊～一邊～②雖然～但是～

例句 ▶ 窓から外の景色を眺めつつ、お酒を飲む。

一邊從窗子眺望外面的風景，一邊喝著酒。

↘文法
114 ～ながら　雖然～但是～

例句 ▶ 毎日運動をしていながら、全然やせない。

儘管每天都做運動，但完全沒有變瘦。

↘文法
115 ～おかげで　因為～、歸功於～

例句 ▶ この本のおかげで、試験に合格できた。

多虧這本書，考試才能通過。

↘文法
116 ～せいで / ～せいだ / ～せいか　因為～

例句 ▶ 弟のせいで、母に叱られた。

因為弟弟，害得我被媽媽罵。

文法 117 　〜うえは　既然〜就〜

例句 ▶ 約束したうえは、守らなければならない。

既然約定了，就一定要遵守。

五　句尾用法

文法 118 　〜一方だ　一直〜、不斷〜

例句 ▶ 大学で習った日本語は、その後全然使わないので忘れる一方だ。

在大學學的日文，因為之後完全都沒用，所以不斷忘掉。

文法 119 　〜おそれがある　有可能〜、恐怕〜

例句 ▶ 台風10号は九州地方に上陸するおそれがある。

十號颱風有可能登陸九州地區。

文法 120 　〜しかない／〜ほかない　只好〜、只有〜

例句 ▶ 自分でできないのだから、誰かに頼むしかない。

因為自己做不到，所以只好拜託其他人。

文法 121 　〜まい　①不會〜吧！②絕不〜

例句 ▶ 鈴木さんは今度の旅行に参加するまい。

鈴木先生不會參加這次的旅行吧！

↘文法 122 〜かのようだ / 〜かのように　好像〜一樣

例句 ▶ 彼に会えるとは、まるで夢を見ている<u>かのようだ</u>。

居然能見到他，就好像在做夢一樣。

↘文法 123 〜つつある　正在〜

例句 ▶ 夕日は山の向こうに沈み<u>つつある</u>。

夕陽正沈入山的另一頭。

↘文法 124 〜てたまらない / 〜てしようがない　非常〜

例句 ▶ 徹夜のせいか、頭痛がし<u>てたまらない</u>。

因為熬夜的關係吧，頭痛得受不了。

↘文法 125 〜てならない / 〜でならない　非常〜

例句 ▶ もう１点で合格したかと思うと、悔しく<u>てならない</u>。

一想到再一分就合格了，就非常懊惱。

↘文法 126 〜にきまっている　一定〜

例句 ▶ そんなにたくさんお酒を飲んだら、酔っ払う<u>にきまっている</u>。

喝那麼多的酒，一定會喝醉。

↘文法 127 〜にすぎない　只不過〜而已

例句 ▶ コンピューターは人間が作った機械<u>にすぎない</u>。

電腦不過是人類所生產的機器而已。

文法 128 ～に相違ない　一定～

例句 ▶ あの人がやったに相違ない。

一定是那個人幹的。

文法 129 ～に違いない　一定～

例句 ▶ 彼が犯人に違いない。

他一定是犯人。

文法 130 ～べき　應該～

例句 ▶ 借りたお金は返すべきだ。

借錢應該要還。

文法 131 ～向き　適合～

例句 ▶ この料理はやわらかくて、お年寄り向きだ。

這道菜很軟，很適合老年人。

文法 132 ～向け　以～為對象

例句 ▶ これはN１の受験者向けに書かれた文法書です。

這是以N1考生為對象所寫的文法書。

文法 133 ～っけ　是～嗎 / 吧？

例句 ▶ 今日は何日だっけ？

今天是幾號呀？

文法 134 ～とか　聽說～

例句 ▶ 新聞によると、九州はきのう大雨だったとか。

根據報紙，聽說九州昨天下大雨。

文法 135 ～（よ）うではないか / ～（よ）うじゃないか

來～吧！

例句 ▶ もう1度話し合おうではないか。

再商量一次吧！

文法 136 ～ざるを得ない　不能不～

例句 ▶ その件は外の方にお願いせざるを得ない。

那件事只好拜託其他人了。

文法 137 ～次第だ / ～次第で　①由於～②說明原委

例句 ▶ 試験の結果次第で、もう1度受けなければならない。

由於考試的結果，還要再考一次。

文法 138 ～っこない　　絶不～

例句 ▶ 私がどんなに悲しいか、あなたには分かりっこない。

我有多難過，你一定不會懂。

文法 139 ～ないではいられない / ～ずにはいられない
不由得～、不得不～

例句 ▶ おかしくて、笑わずにはいられなかった。

很滑稽，不由得笑了出來。

文法 140 ～に限る　　①只有～、僅限～②最好

例句 ▶ 参加者は男性に限る。

參加者僅限男性。

文法 141 ～に限らず　　不只～

例句 ▶ 日本に限らず、どこの国でも環境問題が深刻になっている。

不只日本，不管哪個國家環境問題都很嚴重。

文法 142 ～ようがない　　沒辦法～

例句 ▶ あの人はどこにいるか分からないので、知らせようがない。

因為我不知道那個人在哪裡，所以我無法通知。

六 形式名詞

（一）「もの」相關用法

↘文法 143 ～ものだ／～ものではない／～もんだ／
～もんではない ①～啊②命令～/命令不能～

例句▶ 月日のたつのは早いものだ。

時間過得很快啊！

↘文法 144 ～もの／～もん 因為～呀

例句▶ 「どうして食べないの？」「だって、きらいなんだもん」

「為什麼不吃呢？」「因為我討厭呀！」

↘文法 145 ～ものか／～もんか 絕不～

例句▶ こんなに難しい問題が分かるものか。

這麼難的問題絕對不懂！

↘文法 146 ～ものがある 感到～

例句▶ 彼女の歌にはどこか人をひきつけるものがある。

覺得她的歌聲，有某種引人之處。

文法 147　～ものだから / ～もんだから　因為～

例句 ▶ 日本は物価が高いものだから、生活が大変だ。

因為日本物價很高，所以生活很不容易。

文法 148　～ものの　雖然～但是～

例句 ▶ 気をつけていたものの、風邪を引いてしまった。

儘管一直很小心，但還是感冒了。

文法 149　～ものなら / ～もんなら　要是～的話

例句 ▶ できるものなら、すぐにでも国へ帰りたい。

如果可以的話，我想馬上回國。

文法 150　～というものだ / ～というもんだ　真是～啊

例句 ▶ 1人でインドへ旅行するのは心細いというものだ。

隻身一人到印度旅行，真是非常不安啊！

文法 151　～というものではない / ～というもんではない　未必～、並非～

例句 ▶ 勉強時間が長ければ長いほどいいというものではない。

讀書時間未必愈久愈好。

（二）「こと」相關用法

文法 152 〜ことだ　應該〜

例句 ▶ 試験に合格したかったら、一生懸命勉強することだ。

想要考上，就應該拚命讀書。

文法 153 〜ことはない　不需要〜

例句 ▶ 心配することはない。

不需要擔心。

文法 154 〜ないことはない／〜ないこともない

並不是不〜

例句 ▶ すぐ行けば、間に合わないこともない。

如果馬上走，也不是來不及。

文法 155 〜ことか　多麼〜啊

例句 ▶ あの時は、どんなに悲しんだことか。

那個時候，有多麼難過呀！

文法 156 〜ことに（は）　令人〜的是〜

例句 ▶ 残念なことに、今回の計画は中止しなくてはならなくなった。

令人遺憾的是，這次的計畫不得不停止。

文法 157 　～ことなく　不～、沒～

例句 ▶ 試験のため、休日も休むことなく勉強している。

為了考試，連假日都不休息，一直在讀書。

文法 158 　～ことから　從～來看

例句 ▶ 道がぬれていることから、雨が降ったことがわかる。

從路上濕濕的來看，可知道下過雨。

文法 159 　～ことだから　因為是～

例句 ▶ 田中さんのことだから、また遅刻するよ。

因為是田中先生，所以還是會遲到啦！

文法 160 　～ことになっている　規定～、約定～

例句 ▶ 日本語の授業は1週間に3時間行われることになっている。

日文課一個星期固定會上三個小時。

文法 161 　～ということだ　①據說～②也就是～

例句 ▶ 水道工事で夜まで断水するということだ。

聽說因為水管施工，會停水到晚上。

（三）「ところ」相關用法

文法 162 ～どころではない / ～どころじゃない　哪能～

例句 ▶ お金がないから、旅行どころじゃない。

因為沒錢，所以哪能旅行。

文法 163 ～ところに / ～ところへ / ～ところを

正當～時候

例句 ▶ 出かけようとしているところに、電話がかかってきた。

正要出門的時候，來了通電話。

文法 164 ～たところ　之後～、結果～

例句 ▶ 用事があって電話したところ、留守だった。

有事情打了電話，結果沒人在。

文法 165 ～どころか　哪只是～，其實～

例句 ▶ 鈴木さんは独身どころか、子供が2人もいるんだよ。

鈴木小姐哪是單身，還有二個小孩呢！

（四）「わけ」相關用法

文法 166 　〜わけだ　　難怪〜、當然〜

例句 ▶ 寒いわけだ。雪が降っているのに、窓が開けっ放しだ。

難怪會冷。明明下雪，窗戶還整個開著。

文法 167 　〜わけではない／〜わけでもない／
〜わけじゃない　　並非〜

例句 ▶ にんじんを食べないからといって、嫌いなわけではない。

雖說我不吃紅蘿蔔，但也不是討厭。

文法 168 　〜わけがない／〜わけはない　　不可能〜

例句 ▶ けちな田村さんのことだから、お金を貸してくれるわけがない。

因為是很小氣的田村先生，所以不可能會借我錢。

文法 169 　〜わけにはいかない　　不行〜、不能〜

例句 ▶ 大事な会議があるので、熱があっても休むわけにはいかない。

因為有重要的會議，所以就算發燒也不能休息。

MEMO

MEMO

MEMO

國家圖書館出版品預行編目資料

新日檢N1言語知識（文字・語彙・文法）
全攻略　新版 / 林士鈞著
--四版--臺北市：瑞蘭國際, 2023.04
304面；17×23公分 --（檢定攻略系列；78）
ISBN：978-626-7274-24-8（平裝）
1.CST：日語 2.CST：讀本 3.CST：能力測驗

803.189　　　　　　　　　　112004662

檢定攻略系列 78

新日檢N1言語知識（文字・語彙・文法）
全攻略 新版

作者｜林士鈞・責任編輯｜王愿琦、葉仲芸・校對｜林士鈞、王愿琦、葉仲芸

日語錄音｜今泉江利子、野崎孝男・錄音室｜不凡數位錄音室
封面設計｜劉麗雪、陳如琪・版型設計｜張芝瑜・內文排版｜帛格有限公司

瑞蘭國際出版
董事長｜張暖彗・社長兼總編輯｜王愿琦
編輯部
副總編輯｜葉仲芸・主編｜潘治婷
設計部主任｜陳如琪
業務部
經理｜楊米琪・主任｜林湲洵・組長｜張毓庭

出版社｜瑞蘭國際有限公司・地址｜台北市大安區安和路一段104號7樓之1
電話｜(02)2700-4625・傳真｜(02)2700-4622・訂購專線｜(02)2700-4625
劃撥帳號｜19914152 瑞蘭國際有限公司・瑞蘭國際網路書城｜www.genki-japan.com.tw

法律顧問｜海灣國際法律事務所　呂錦峯律師

總經銷｜聯合發行股份有限公司・電話｜(02)2917-8022、2917-8042
傳真｜(02)2915-6275、2915-7212・印刷｜科億印刷股份有限公司
出版日期｜2023年04月初版1刷・定價｜480元・ISBN｜978-626-7274-24-8